La Rambla paralela

Fernando Vallejo

La Rambla paralela

ALFAGUARA

© 2002, Fernando Vallejo
© De esta edición:
2002, Santillana Ediciones Generales, S. L.
Torrelaguna, 60. 28043 Madrid
Teléfono 91 744 90 60
Telefax 91 744 92 24
www.alfaguara.com

• Aguilar, Altea, Taurus, Alfaguara S. A.
Beazley 3860. 1437 Buenos Aires. Argentina
• Aguilar, Altea, Taurus, Alfaguara S. A. de C. V.
Avda. Universidad, 767, Col. del Valle,
México, D.F. C. P. 03100. México
• Distribuidora y Editora Aguilar, Altea,
Taurus, Alfaguara, S. A.
Calle 80 nº 10-23
Santafé de Bogotá. Colombia

ISBN: 84-204-4457-X
Depósito legal: M. 46.495-2002
Impreso en España - Printed in Spain

Diseño:
Proyecto de Enric Satué

© Cubierta:
José Méndez

La Rambla paralela

—¿Estoy llamando al setenta y cinco ciento veintitrés?

—Sí pero no.

—¡Cómo! No le entiendo. ¿Ésa no es la finca Santa Anita?

—Aquí era pero ya no es: la tumbaron.

—¡Cómo la van a haber tumbado!

—¿Y por qué no? Todo lo tumban, todo pasa, todo se acaba. Y no sólo tumbaron la casa, ¿sabe? ¡Hasta la barranca donde se alzaba! La volaron con dinamita y únicamente dejaron el hueco. Un hueco vacío lleno de aire.

—Señor, por favor, no se burle que le estoy hablando de larga distancia.

—Ya sé, me di cuenta por el tonito. Lo oigo como desde muy lejos.

—¿Pero sí estoy hablando a la finca Santa Anita, la que está entre Envigado y Sabaneta, saliendo de Medellín, Colombia?

—A la misma. Al aire que quedó.

—Y que es de Raquel Pizano.

—Era: de misiá Raquelita. ¡Cuánto hace que se murió!

—¡Cómo se va a haber muerto, si es mi abuela!

—Ah, ¿y porque es su abuela usté cree que no se va a morir? Todos nos tenemos que morir, hombre, no sea bobito. Es más: ahí donde está usté, en esa cama, también ya está muerto. Vaya mírese en el espejo y verá. ¡Levántese! En ese instante me desperté bañado en sudor, con una opresión en el pecho y un dolor confuso en el brazo izquierdo. Me levanté y tropezando en la oscuridad con los muebles del cuarto desconocido fui al baño, busqué a tientas el apagador, prendí el foco y entonces vi en el espejo al hombre que creía que estaba vivo pero no: como le acababan de decir, en efecto, estaba muerto. Y cómo no si era un viejo y todos nos tenemos que morir, queramos o no queramos, gústenos o no. ¡O qué! ¿Piensan seguir viviendo indefinidamente año tras año? ¡No, si no se puede! Hay que dejar campo para los demás, desocupen. Rápido, rápido, rápido que esto se acabó.

El viejo se apoyó en el espejo para no caerse y al hacerlo dejó en él las huellas de los dedos ensuciándolo. Lo que había evitado siempre en vida no fueran a saber después los jueces del futuro por dónde había pasado, siguiéndole la pista de todas sus miserias y todas sus infamias. Fibrilación ventricular, pulso filiforme, arritmia, lividez en la cara, y allá a lo lejos los ajenos murmullos del corazón, angustiados, distantes. Los síntomas los conocía muy bien porque ya los había vivido antes: cuando se le murió en sus brazos su perra, la Bruja. La misma desesperanza, el mismo desamparo, y esa sensación de desastre inminente... «Tac... tac... tac...» iba diciendo el reloj incierto del corazón, de tumbo en tumbo, fatigadamente. ¿Fatigadamente? Pensé en los largos adverbios en «mente» del español, tan torpes, tan tontos, tan sosos, y en ese instante supe cómo me iba morir: como Oudin, resolviendo un problemita pendejo de gramática. ¡Vaya muerte! Y en un hotelito de quinta de Barcelona... Si por lo menos hubiera sido en mi apartamento de México, pero no: por no ponerle punto final a este negocio a tiempo no me fue dado escoger el sitio ni el momento. Y ahora me moría como cualquier mortal, aferrado a la vida, miserablemente: con un largo y miserable adverbio en «mente».

—Adieu monsieur Oudin, bon voyage.

Rápido, rápido, rápido iba arrastrando el río los decapitados en la lejana Colombia y por las calles de la Rambla gente. El río era el Cauca, el de mi niñez, y la Rambla la de mi muerte, la de Barcelona. Y mientras el niño que fui seguía desde la orilla del río eterno el desfile de los cadáveres con gallinazos encima que les sacaban las tripas y salpicaban de sangre el agua pantanosa, el viejo que lo recordaba veía desde su mesa de café, viendo sin ver, el deambular interminable de la Rambla: el ir y venir de esa ciudad ociosa que llevaba años y años sin dormir, yendo y viniendo por los tres andenes de esa avenida o paseo, de la Plaza de Cataluña a la glorieta de Colón y de ésta a aquélla, como tratándose de encontrar a sí misma. El insomnio de la ciudad se le había venido a sumar al propio, y contando los dos del viaje ya llevaba cinco días sin dormir.

—Cinco días sin dormir —pensó el viejo— no los aguanta ni un muerto.

Y pidió otro vermut.

Se había instalado como un turista más en el Café de la Ópera, que tenía mesas afuera, en el andén del centro. Desde esas mesas se podía ver enfrente, cruzando la calle, el hueco donde estuvo antaño ese teatro famoso que se quemó, ¿y que se llamaba cómo? ¡Qué más da, se me olvidó! Todo pasa, todo se olvida: teatros, barrios, hoteles, ciudades, perros, gatos, gente... Del incendio del teatro no quedaron sino ruinas y cenizas; y cuando descombraron las ruinas y el viento se llevó las cenizas quedó el hueco.

—Ah, pero eso sí —se dijo el viejo—, un hueco prestigioso.

Y es que hay muertos de muertos y huecos de huecos y no pesa lo mismo un gran gramático muerto que un simple hijo de vecino, ¿o no, monsieur Oudin? El teatro se fue al demonio y el muerto se fue al carajo. «¡Al carajo, al carajo, al carajo!», como dicen día y noche sin cansarse las necias olas del mar.

Del hotelito de la calle de Ferrán en que se alojaba (de dos estrellas sin contarlo a él) al Café de la Ópera, y de éste a aquél, el viejo empezó a ir y a venir como los locos de la Rambla.

La culpa del insomnio se la achacaba al jet lag y a los incidentes del viaje. Pero no, la culpa no era más que suya, suya propia. ¡Quién lo mandó a salir! ¡Quién lo mandó a venirse a una feria de libros a morirse, si estaba vivo! Bueno, vivo lo que se dice vivo es un decir: vivo a medias, medio vivo. Vivo de verdad no está nadie, ésas son ilusiones de los tontos. Día con día nos estamos muriendo todos de a poquito. Vivir es morirse. Y morirse, en mi modesta opinión, no es más que acabarse de morir. Hay que aprender gramática y a no confundir los verbos. En París, en el Charles de Gaulle, por confusiones ya no de los verbos sino de las que arman los funcionarios de inmigración, al viejo iluso y tonto acabado de desembarcar de México no lo dejaron pasar de una sala a otra del aeropuerto a tomar el avión a Barcelona.

—¿Por qué? —preguntó.

—Por colombiano —le contestaron—. O sea por ladrón, atracador, secuestrador, narcotraficante y asesino.

—¿No ve que soy un viejo?

—¿Y qué?

—Que ningún viejo por presunción es delincuente, pues si lo fue con tanto andar ya lo agarraron. ¿Es que no piensa, o qué? Francés tenía que ser este asqueroso...

Y para rematar le arrió la madre, que es lo que hace todo cristiano en Colombia cuando le recuerda al prójimo la vagina puerca de donde salió:

—¡Fils de pute! ¡Hijueputa! ¡Salaud!

Por poco no lo meten preso: lo mandaron para Suiza al no poderlo esfumar en el aire.

En Suiza anduvo de aeropuerto en aeropuerto, de mostrador en mostrador, y cuando por fin llegó a Barcelona, a la media noche, dos días después de haber salido de México, los de Air France le habían extraviado el equipaje.

—¡Partida de hijueputas! —les remachó.

Y se puso a maldecir de la empleada del mostrador y de toda la raza francesa. Yo me reía viéndolo tan iracundo y le daba cuerda:

—Recordales que perdieron dos guerras mundiales y que si no hubiera sido por los Estados Unidos a estas horas estarían comiendo mierda bajo Hitler. Qué zorras tan mal cogidas las azafatas de Air France...

¡Uy, mencionarle a éste las azafatas de Air France! Era como echarle un fósforo encendido a un polvorín. Las detestaba. Se soltó entonces en una sarta tal de injurias, en un chorro tal de improperios que haga de cuenta usted las cataratas del Niágara de la ira. El chorro de las cataratas caía sobre las piedras sacándoles chispas de fuego en vez de espuma. Ya no se daba cuenta el viejo de lo que decía, ni de lo que hacía, ni de dónde estaba, ni para dónde iba, ni de dónde venía.

—¡Zorras! ¡Perras!

Insultaba con nombres de animales, aunque los amaba. Es que desde hacía mucho en Colombia todo se había devaluado: la moneda, los insultos, la vida humana... Todo quedó valiendo nada.

—Air France —se decía y yo lo oía— es la imagen de Francia misma, de la mezquindad en su estado puro. ¿Cuántas filas de más no les han metido a sus aviones para embutir más pasajeros?

—¿Cuántas? A ver... ¿Cinco? ¿Diez?

Y le seguía dando cuerda por el gusto que me daba oírlo maldecir: maldecía como triturando con los dientes lata.

—Diez filas de más cuando menos le metieron a mi avión estos avariciosos.

Tanto era así que el respaldar de su asiento no lo podía inclinar ni un centímetro porque el pasajero de atrás lo bloqueaba con las rodillas.

—Venían pues ustedes como sardinas en caja de sardinas. ¡Y la comida! Acordate de la comida.

—Fría, sosa, un asco. Francesa tenía que ser...

—Y ese poeta marihuano y sucio que jamás se bañó, ¿cómo es que se llamaba?

—Rimbaud.

—Voilà, Rimbaud.

—Puro cuento. Todo lo de Francia es mito, cuento: Rimbaud, la igualdad, la fraternidad, la libertad, la cocina... ¡Marihuanadas! Libre no puede ser el que es prisionero de su propia mezquindad que apesta a ajo. ¡Malditos los franceses y la especie humana!

De Air France había pasado a Francia y de Francia a la humanidad entera, ésa era su forma de proceder, me la conocía de pe a pa. Siempre el mismo en lo mismo, dándole vueltas y vueltas a la misma rueda.

Cuando llegó al hotel cayó en lo que he dicho, en un insomnio insondable. Y digo insondable por llamarlo de alguna manera, aunque la verdad, la verdad, lo que sí es de verdad insondable es la muerte. ¡Pero cómo dormir en una ciudad que por vivir no dormía! El viernes tenía que hablar en la feria y era lunes. ¿O martes? Ya ni sabía, con el cambio de horario se le había enredado el carrete. Volando su avión sobre las nubes y la oscuridad del mar océano, las horas habían ido cayendo como fichas de dominó, tumbándose las unas a las otras: la una se volvió las dos, las dos las tres, las tres las cuatro... ¿Anocheciendo, o amaneciendo? Es lo que ya no sabía: al lado izquierdo (eso sí lo sentía) era donde tenía el corazón. Y mientras el viajero insomne trataba de dormirse en su cuarto del hotelucho de dos estrellas que sumaban tres, la Rambla afuera, a unas cuadras, seguía en su ir y venir empecinado, yendo y viniendo, yendo y viniendo, como en sus buenos tiempos Junín.

—¿Sí te acordás de Junín?

¡Cómo olvidarla! Por esa calle bulliciosa de la ciudad inefable había transitado, del Parque de Bolívar a la Avenida La Playa y de vuelta de ésta a ése como un péndulo idiota de reloj, su juventud inútil. ¿Hacía cuánto?

—¿Cuánto en años? ¿O en siglos?

—En lo que sea.

—¡Siglos!

En la difunta ciudad de Medellín de la difunta Colombia del difunto segundo milenio de la era de Cristo el loco que en paz descansen, amén. Volvía entonces a volar en su avión surcando el tiempo y devanando el huso de las horas.

—Señorita, este asiento no se puede inclinar hacia atrás ni un centímetro. ¿Cómo piensa que voy comer? ¿Encogiéndome?

Volaba el avión de Air France, la peor línea aérea del planeta, sobre el mar océano y la vasta noche del insomnio. Y cuando aterrizaba, por fin, en su cuarto de hotel, el viejo sin poder dormir se ponía a contar, a contar, a contar, lo que fuera: ovejas en un rebaño, soldados en un cuartel y cardenales en el cónclave:

—Un hijueputa, dos hijueputas, tres hijueputas...

Y después, desvariando como solía:

—Las almas del purgatorio —se dijo— ya no están en el purgatorio, ya salieron y se están despeñando en el infierno.

—Del purgatorio se sale para el cielo, idiota: para arriba, no para abajo.

—No. El cielo no existe, sólo existe el infierno: los vastos reinos de Satanás donde Dios manda y truena.

—¿Y el purgatorio entonces qué?

—Ah, ése es una simple parada de unos siglos en la caída imparable a los infiernos.

Se levantó, se vistió, y dando por un hecho que no se iba a poder dormir, bajó a la recepción y de la recepción salió a la calle, a la luz rabiosa del verano: eran las cinco de la tarde y había sol ¿como para cuánto?

—Como para tres o cuatro o cinco horas, ¡qué horror!

Tal vez cuando oscureciera se pudiera dormir... Pasando por la Plaza del Rey camino de la Rambla recordó que ahí, hacía medio milenio en esa mismísima plaza, en una hoguera de leña seca y furia dogmática la Inquisición catalana había quemado a Mossén Urbano por predicar la doctrina de Barba Jacobo, el Dios verdadero omnipotente en Trinidad Padre, Hijo y Espíritu Santo; y por sostener, entre otras verdades heterodoxas, que la cópula con mujer era el supremo pecado, el crimen máximo.

—Y cómo no, si la fuente de todos nuestros males hay que irla a buscar ahí, en el pervertido gusto por ese hueco vicioso, viscoso y pantanoso: la vagina vil que perpetúa la pesadilla del ser y empuerca al mundo.

Una bandada de palomas alzó el vuelo y el viejo las bendijo con la mano izquierda y la bendición de Barba Jacobo:

—In nomine Patris et Matris et Filii et Spiritus Sancti et Sanctae Trinitatis, filioli et filiolae et compatris et comatris, et de lo fratre ab la sorore et de lo cosino et de la cosina.

Del Padre, la Madre, el Hijo, la Hija, el Primo, la Prima y toda la puta parentela que en incestuosa relación fornican cruzándose los unos con los otros y produciendo más de lo mismo: más de esta especie australopitecina y lujuriosa, con un pene colgando o un hueco en la mitad como centro de gravedad de todos sus afanes, un ombligo arrugado y cinco dedos inarmónicos en cada una de las dos patas.

—¡Qué hermosa sería España sin gente! —se dijo—. Un terregal con piedras. Y aquí y allá, en un rastrojo, un poco de respiración, de movimiento, ¿y que sería qué? Una cabra de cuatro patas, obtusa.

Acto seguido en su interior oscuro al que no llegaba el sol de afuera se puso a compadecerse de sus hermanas las cabras y a preguntarse con qué derecho las insultaba comparándolas con los humanos bípedos. Definitivamente nuestro amigo estaba como aquel al que le soplaban ¿qué? Vientos huracanados le soplaban en la cornisa de la mansarda.

—¡Un vermut! —pidió instalándose como se le habría de hacer costumbre en los días que permaneció allí, en la ciudad de los herejes y los réprobos, a una de las mesas exteriores del Café de la Ópera: frente al hueco, el otro hueco, el que dejó el incendio.

—¿Cuál incendio? ¿De cuál estás hablando, hombre? ¿Del sexual?

—No. Del del teatro ese que se quemó, ¿y que se llamaba cómo?

—¡A ver! ¿Cómo, cómo, cómo?

—¡El Liceo!

¡Exacto, el Liceo, se había acordado! Por lo menos esa batalla contra el mal de Alzheimer la había ganado. Una voz inefable velada de violeta fue desgarrando entonces el velo de las tinieblas del tiempo: «Divinités du Styx, ministres de la mort! Je n'invoquerai point votre pitié cruelle...».

—¡Gluck! ¡Lo máximo! Ministros de la muerte... ¡Eso, eso!

Por virtud de lo máximo volvía ahora al pasado, a esa noche de su juventud en que conoció el Liceo. El telón denso que separaba el hoy del ayer se alzó dejando ver la escena: surcaba la laguna de la Estigia el frágil barquito de la muerte...

Ajá, un día pues, ya muy lejano, el viejo había sido un muchacho y había pasado por esa misma ciudad. ¿Viniendo de Roma a Madrid? ¿O yendo de Madrid a Roma?

Hacia la medianoche, al terminar la ópera, el muchacho dejó el Liceo y tomó por la Rambla rumbo a la glorieta de Colón. En una esquina se tropezó con el chulo, como llamaban en España a los muchachos prostitutos.

—¿Y hoy? ¿Hoy cómo los llaman?

—Ah, ya no sé, ni me importa, da lo mismo, el nombre no cambia la esencia de las cosas.

En lo cual erraba: nunca dos nombres distintos designan dos cosas iguales. A veces sube la tarifa, a veces baja; a veces sigues vivo, a veces te matan. El viejo cerró los ojos tratando de ver al muchacho prostituto pero se le había olvidado. Luego trató de verse a sí mismo y lo mismo: ido, desaparecido, borrado.

—¡Ah, carambas! ¿También se te borró ese cassette? Prueba fehaciente, amigo, de que estás muerto: los que se borran a sí mismos de la memoria por completo son los muertos. De un momento al otro, sin darse cuenta, dejan de saber quiénes son y quiénes fueron.

El viejo se levantó, pagó el vermut y tomó por la Rambla rumbo a la glorieta de Colón desandando los pasos. Iba entre la multitud oyendo sin oír, viendo sin ver, tratando de recordar, de volverse a encontrar en el muchacho que un día fue, de recuperarse a sí mismo. Ahora bien, lo que yo digo y repito es: ¿qué muerto se recupera a sí mismo? ¡Ninguno! Es condición sine qua non de la muerte la irrecuperabilidad del difunto. No hay forma de jalar del otro lado del charco hacia éste al interfecto.

—¿Por qué interfecto, si no morí asesinado?

—Es lo que vos no sabés. Ni el juez.

—¿Ni el juez?

¡Bobito! ¡Cuánto hace que se acabó la justicia en este mundo! Hoy la que manda aquí es la impunidad, Nuestra Señora la Impunidad que los cobija a todos: alcaldes, presidentes, jueces, ujieres, testigos, papas. Mienten y calumnian, compran y se venden, hacen y deshacen. Y en sus horas libres, para que los vean, canonizan y canonizan y canonizan a diestra y siniestra como si ya no estuviera a punto de reventar de lo hinchado el santoral. Este último vejete lo dejó más devaluado que teta caída de vieja. ¡Perjuros, prevaricadores, asesinos, ladrones! ¡Protagónicos! Bendita seas santa impunidad, que eres el motor del mundo. Sin ti hoy por hoy se paralizaría esto, visto que todos somos culpables.

—Todos no. Somos no. Yo no. Los muertos ya hemos quedado lavados de toda culpa.

El viejo siguió su camino ajeno a la multitud, y oyendo sin oír, viendo sin ver, sus pasos sordos, ciegos, lo fueron llevando a la glorieta de Colón y al Moll de la Fusta. Sobre el cemento del andén se tropezó con una paloma muerta: tenía las alas abiertas y algunas plumas muy separadas por la rigidez de la muerte.

—¡Maldito! —dijo imprecando al cielo, al Viejo de arriba que no lo oía ni veía por la más simple de todas las razones: porque no existe, y lo que no existe no oye ni ve ni entiende.

—¿Para qué gastás entonces pólvora en gallinazos? —le hice ver.

Gallinazos (para usted que es de un país civilizado y no sabe) son los buitres, el viejo vultur latino: los que iban de pasajeros sobre los decapitados del río despanzurrándolos: sacándoles, como un niño travieso la cuerda a un reloj, de la panza las tripas. Son los buitres de Colombia, el país donde más felices viven estas avecitas negras de alma blanca y vuelo largo. Ensotanadas de negro sí como los curas salesianos, pero sin el interior sombrío de éstos. Limpias, felices. Y cómo no si los gallinazos de Colombia se la pasan en permanente banquete de cristianos: desayunan, almuerzan, cenan cristiano, no se dan abasto con tanto asesinado. Para los gallinazos de este mundo Colombia es Shangri-la.

En ese instante, abriéndose a sí mismo en su inmensidad necia, en su necedad inmensa, surgió el otro: el mar salado, el mar estúpido:

—¡Al carajo! ¡Al carajo! ¡Al carajo! —iban diciendo las olas sin parar.

A veces se lo disputaban el sol y la luna jalando cada quien por su lado; a veces no y jalaban juntos.

—Entonces se dan las mareas altas —pensó el viejo.

Y pasó a pensar en la fuerza de gravedad, que era la que lo mantenía atado a la tierra. Un pensamiento que para él era el acabose. Cada vez que la recordaba sentía el peso de los pasos, la dificultad para andar.

—Hay algo que me jala hacia el centro de la tierra, donde está el infierno.

—¡Qué va! El infierno está aquí arriba, en la superficie, a nivel del mar.

—Nunca más va a volver a volar la paloma.

—Olvidate de la paloma. Hacé de cuenta que era el Espíritu Santo y que lo fulminó un rayo.

—Si pudiera...

—¡Claro que podés! Por eso en este instante se te está dificultando caminar, por cargar en el alma tanto muerto. Y no sólo cargás con humanos muertos sino con perros y gatos muertos. Y ratas y pericos y pájaros y palomas... Y el armadillo que mataste de un machetazo, de niño, ¿sí te acordás? Y las ratas que hacías salir de niño del desaguadero de la poceta de lavar ropa de la casa de la calle del Perú del barrio de Boston de la ciudad de Medellín de tu puta Colombia con agua hirviendo, ¿sí te acordás? ¿Se te olvidaron, o qué, gran hijueputa? Pues te tenés que acordar porque por ésas te vas a ir a los infiernos.

—Es que me educaron en la religión de Cristo.

—No te escudés en ese loco que ni una sola vez defendió a un pobre animal. ¿No tenías acaso alma para sentir y ojos para ver? ¿O es que seguías ciego como una rata ciega recién nacida, como naciste?

Vio adelante, a lo lejos, la feria: un terraplén con un centenar de casetas haciendo calle, y un pabellón en el centro abierto a los cuatro vientos: el stand de Colombia.

—Con que éste es el stand de Colombia —dijo cuando llegó.

—Así es, maestro —le contestó la empleada, la muchacha colombiana que atendía el stand y que lo recibió—. Bienvenido a la feria.

¡Maestro! ¡Jua! Era lo único que le había dado Colombia, un título de albañil que nada cuesta.

—No te quejés, que maestro no le han dicho jamás en ese país a ningún bellaco de presidente. Además, ¿el dinero no dizque no te importa? ¿Qué más querés? No te dan más porque no tienen más, contentate con eso.

Y mientras la empleada entablaba con él una conversación anodina y le preguntaba por el viaje, el viejo al contestarle le iba pasando revista a los libros: ahí estaban los suyos, en una de las mesas improvisadas del stand.

—Ah, ahí están ésos... ¿Y siquiera se vende esa porquería?

—¡Claro, maestro, sí se venden! —le contestó la muchacha tratando de atenuar con una sonrisa lo de «porquería».

El viejo apartó los ojos de sus libros y pasó a inspeccionar otros, de otros, en otras mesas. Se sentía cómodo entre libros. Tanto o más que la gente, los libros le habían llenado la vida. Tomó uno grande, de fotos, lo abrió y el corazón le dio un vuelco: un reguero de cadáveres de campesinos descalzos decapitados, con las cabezas asignadas a los cuerpos a la diabla, a la mano de Dios.

—Lo acaban de publicar. Sobre el bogotazo —le explicó la muchacha.

El bogotazo fue la revuelta popular que destruyó el centro de Bogotá a mediados de siglo y que prendió la mecha del incendio. Se lo digo por si no lo sabe, y si no lo sabe sepa que fue en el veinte, a mediados del siglo veinte, que por fin se acabó y pasó, pasó, pasó. El incendio se fue propagando de pueblo en pueblo, de caserío en caserío, de vereda en vereda, hasta que quemó todo el campo de Colombia: sin declaración formal de guerra, la guerra entre conservadores y liberales había estallado. El viejo pasó a otra página, a otra foto: la turba bogotana enfurecida, armada de cuchillos y machetes. Y el odio en los ojos, en todos los ojos. En ese instante Colombia se irguió inmensa, formidable, surgiendo del piso del stand: le quitó a uno de esos rolos bogotanos el machete, lo levantó y le dio al viejo el primer machetazo en la frente: quedó la cabeza hendida por la mitad. De un segundo machetazo, en el cuello, se la separó del cuerpo. La sangre brotó a borbotones inundando de rojo el piso polvoso de tabla: la cabeza cayó por un lado y el cuerpo por otro. Acto seguido Colombia tomó la cabeza y el cuerpo, y con sus manos impunes, manchadas de sangre, los botó al Cauca, que se los fue llevando al Magdalena, que se los fue llevando al mar. Cuando todavía iban los cuerpos por el Cauca fue cuando el niño los vio desde la orilla: habían salido a flote hinchados y el río se los iba llevando, arrastrándolos en su corriente pantanosa con los gallinazos encima.

—¿Y la cabeza?

—Las cabezas no sobrenadan, hombre, se van al fondo del agua por su propio peso.

La Rambla a esas horas hervía de gente. Gente y más gente y más gente, todos desconocidos, todos extraños, un desfile de fantasmas sin parar.

—¡Eso! Ésta no es la Rambla de las flores como dicen —dijo el viejo—. ¡Ésta es la Rambla de los fantasmas!

Y los vio opalinos, translúcidos. Ahí iban todos tan orondos como si estuvieran vivos.

—¡Jua! Permítanme que me ría.

La costumbre que había tomado al final: ya no sólo de hablar solo sino de reírse solo, como un loco.

—En medio del desastre de nuestras vidas hay momentos en que creemos que todo está bien, y momentos en que creemos que todo está mal. Hoy todo está bien porque así se me antoja.

Le causaba una alegría inmensa constatar la calidad de inconsútiles de los que pasaban y se creían reales. No. Se habían convertido en espantos, sombras, visiones, que iban dejando flecos y jirones al avanzar.

—¿Para dónde van? Parecen algodones de azúcar de feria deshilachándose.

Azules, verdes, rojos...

—Un ajenjo —pidió.

Pidió y no se lo trajeron porque ajenjo hace mucho que no hay: ni aquí, ni en París, ni en Tánger, ni en Barcelona.

—Entonces un whisky, un vodka, lo que sea.

Cuando el mundo va más rápido que uno, uno se hace a un lado para que pase y se siga rumbo al barranco. No hay por qué querer alcanzar a nadie, ni ir detrás de nadie, ni perorar contra nadie: ni contra los ricos ni contra los pobres; ni contra los negros ni contra los blancos; ni contra los amarillos ni contra los azules. Y los desplazados y los damnificados que se jodan. Y sobre todo no sostener ninguna tesis. Jamás. Se sienta uno tranquilo en una terraza a mirar, y mientras se va tomando su copa va observando el desfile de los cadáveres. El Café de la Ópera de la Rambla se le hacía un buen mirador. Casi tan bueno como lo fuera en sus tiempos de gloria el Versalles de Junín, que quedaba frente al Metropol, que lindaba con el Miami, que daba al parque. Al parque de ese granuja venezolano ¿que se llamaba cómo?

—Bolívar.

—¡École, Bolívar! Le salieron callos en el culo de tanto montar en mula cabalgando llanos y montañas de un continente loco detrás de la quimera de la gloria.

El Versalles era un restaurante-pastelería y lo volaron con un carro-bomba; el Metropol era un salón de billares y lo tumbaron con una barrenadora de montañas; y el Miami un café de maricas que se quemó. Y hago estas precisiones por no dejar, pues ya son historia patria, de todos conocida. Cuando se quemó el Miami yo estaba en Londres y hasta allá me llegaron los ecos del incendio.

—Se quemó tu café —me informó una paisana.

—¿Mi café?

—Ajá, el Miami.

¿Y cómo sabía ella que el Miami era mi café? Hombre, es que la humanidad sabe de uno más de lo que uno cree. Se las saben de todas todas, más de la cuenta. La cuenta en el banco y una mancha en el culo. Y mientras más engrosa la cuenta más aumentan las posibilidades de secuestro.

—La pobreza, como quien dice, es un seguro contra el secuestro.

—Y la muerte un seguro contra la pobreza. No hay muerto pobre.

—Por eso en tu país los pobres al final de cuentas son tan afortunados. Con esos ríos tan bonitos y esas montañas tan altas... ¿De qué se quejan?

—Exacto. ¿De qué se quejan? Que coman paisaje que no sólo de pan vive el hombre.

El viejo se levantó, pagó la copa y volvió a tomar hacia el Moll de la Fusta. ¿Qué se iba diciendo en camino? Ah, eso sí no sé, no tengo un lector de pensamientos. ¡Sabrá Dios! Sé que dijo, porque lo dijo en voz alta y yo lo oí, a propósito de las casetas atestadas de libros al llegar a la feria:

—Sobran libros en las librerías, y en el mundo sobra gente. ¿Para qué tanto libro y tanta gente, a ver? ¿Es que nos vamos a acostar con todos y los vamos a leer todos? No alcanzamos, no se puede... No da para tanto el cuerpo ni la mente. Además los libros son malos en su mayoría y la gente fea por lo general. Aquí no hay de qué hacer un caldo.

Era una frase de su abuela, a quien amó. Y a quien no podía ni siquiera recordar de tanto que la quiso.

—¡Ay abuela, si vivieras!

Pero no. ¡Cuánto hacía que se había muerto! No quería saberlo. Los días se le habían ido haciendo años y los años décadas y las décadas muerte. Hubo un momento en que el viejo llegó a ser más viejo de lo que era su abuela cuando se murió. Pero la seguía recordando como niño. O mejor dicho recordándola no: borrándosela siempre de la memoria.

—¿Cómo amaneció hoy, maestro? —le preguntó la muchacha del pabellón de Colombia—. ¿Anoche sí durmió?

—No, pero no importa. Aproveché para pensar en lo que tengo que decir mañana.

—No es mañana, maestro, es el viernes. El viernes es cuando habla usted.

—¿Dónde?

—Ahí, en la plaza de Colombia.

Y le señaló la glorieta en que se abría por un momento la larga calle de las casetas.

—¿Y por qué la pusieron así?

—En honor del país invitado. Como en esta feria el país invitado es Colombia, se llama entonces la plaza de Colombia.

—¿Así que en la feria siguiente se puede llamar, por ejemplo, la plaza del Perú?

—Exacto, maestro.

—Ah carajo, esta placita sí está más cambiante que el viento.

No hay seguridad con el porvenir: le ponen el nombre de uno a una calle, y el día menos pensado se lo cambian por el de otro muerto. Los muertos estamos a merced de los vivos, de su buena voluntad: si tienen rencor contra uno, nos borran. Es más, ni rencor terminan teniendo. Algo peor: olvido. Y el olvido es viento.

—El viento de esta ciudad está muy salado, señorita. Me arden los ojos.

—Tal vez sea por la cercanía al mar.

El mar es dañino, acaba con todo. La gente se jode, los carros se joden, los pianos se joden... Todo. El mar desafina los pianos y oxida hasta el hierro. El mar será bueno, pero para los tiburones.

Luego fueron llegando los clientes al pabellón: españoles, colombianos, colombianos, españoles... Los libros que más se vendían en esa feria eran los colombianos, los del pabellón de Colombia. ¡Pues claro, si éramos el país invitado! De todos modos los españoles no leen: compran pero no leen. Creen que con comprar un libro ya lo dominan. Y eso sí que no. Para dominar un libro hay que acostarse con él, como cuando un cristiano cualquiera se acuesta con cualquier otro cristiano.

—Usted va en primer lugar, maestro. Va siendo el más vendido.

—Eso es mala señal —dijo el «maestro», y añadió luego en voz baja—: Me importa un carajo.

¡Claro, como estaba muerto! ¡Así qué gracia! Gracia fuera si lo hubiera dicho cuando estaba vivo.

Además la feria estaba resultando un desastre. Como era la primera que hacían en el

Moll de la Fusta (antes era en plena ciudad, en un paseo) la gente no sabía, no estaba informada. Así que en vez de la multitud esperada, lo que tenían era unas cuantas almas en pena. Unas cuantas ovejas descarriadas, que entraban al pabellón de Colombia despistadas, y algo compraban, por no dejar. Hojeaban un libro, otro, sin entender nada de nada.

—¡Pero qué van a entender, si Colombia es marciana! ¡No la entiendo yo!

—No sea pesimista, maestro, va todo muy bien. Sí les interesa.

Los colombianos de Barcelona hablaban todos con la zeta, como españoles. No acababan ni de llegar a lavar inodoros, e ipso facto estaban hispanizados. Los que llegan a Madrid en cambio no: siguen colombianizados. ¿Por qué? Fenómenos del lenguaje que el viejo no entendía. Ni entendía tampoco la luz ni la gravedad, y se iba a morir sin entenderlas.

—Ni cómo el cerebro produce la mente. Ni siquiera cómo vemos. Si es que vemos...

Le contaron que un colombiano tenía la mejor librería de la ciudad, y sí, era cierto, según constató el día que fue a verlo: hablaba con la zeta y estaba absolutamente apeninsulado, españolizado. Y eso que era de Envigado, un pueblo de las afueras de Medellín, que es la capital de Antioquia, y que los de allí no cambian: como nacen se mueren, con el mismo tonito y las mismas mañas.

—¿Oí bien? —se preguntaba el viejo, incrédulo, cuando oía a su paisano pronunciar la zeta.

Era como si a una liebre le hubiera salido lana de oveja. ¡Un milagro!

—¿Cuántos libros tenés ahí, en los dos pisos?

—Cincuenta mil.

—¿Cincuenta mil? ¡Uy! ¿Cuántos millones y millones de palabras tendrán cincuenta mil libros? ¡Qué devaluación tan hijueputa la de la palabra!

—No. Mientras más, más vendo.

Bueno, si era así, qué bueno. El viejo al final de cuentas no era tan malo, pues se alegró de que a su paisano le fuera tan bien. Otro quién sabe... Salió de la librería mascullando pensamientos confusos, recordando a Envigado donde quedaba la finca Santa Anita camino de Sabaneta, y tomó hacia las Ramblas, oyendo sin oír, viendo sin ver, como un fantasma más en medio de los fantasmas.

Desde el corredor delantero de Santa Anita partió el globo de ciento veinte pliegos y se fue elevando, elevando... No tomó rumbo a Envigado: tomó rumbo a Sabaneta. Antes de encenderle la candileja llenamos el globo de humo con tres mechones. ¡Tres, que es una barbaridad! Tres se tragó y empezó a tirar hacia arriba. Cuando empezó a tirar le prendimos la candileja, lo encauzamos hacia el exterior, hacia el prado donde se alzaban las palmas, y allí lo soltamos y se fue. Se fue, se fue, se fue, rumbo al cielo y para siempre.

—¿La abuela ayudó a elevar el globo?

—No. Lo vio ascender desde el corredor.

—¿De ciento veinte pliegos?

—Sí. Fue el globo más grande que elevó Colombia. Ciento veinte pliegos de papel de china que si se encienden se queman en un santiamén como decía la abuela. Ya nadie dice, ¿o sí?

—Tal vez un viejo. Uno de doscientos cincuenta años como vos...

—Hoy a la gente le dio por hablar muy raro, otro idioma. ¡La maldita manía de cambiar por cambiar! De dañar lo que está bien y empeorar lo que está mal.

Cerró los ojos y empezó a renegar del cambio. Según él, esto se tenía que quedar quieto, inmóvil, siempre igual a sí mismo. Y no... Todo cambia...

Con los ojos cerrados siguió algo así como media cuadra, caminando sin dar un traspié. Por ésas le había dado, por sostener que vemos sin ver, y que por lo tanto sobran los ojos. Que la mayor parte del tiempo oímos sin oír es cosa sabida. ¿Pero que vemos sin ver? Ah, eso sí era pura invención suya. Lo había descubierto años atrás, paseando con su perra Bruja por la Avenida Ámsterdam que es circular, como Dios Padre: un círculo que se agota en sí mismo dando vueltas y vueltas. Pues bien, dándole vueltas a esa avenida descubrió que la mayor parte del tiempo vemos sin ver. Que vemos pero no registramos. No registramos, por ejemplo, los carros o los transeúntes con que nos cruzamos, ni las fachadas de las casas y los edificios frente a los que pasamos, ni los vidrios de una botella quebrada que están esparcidos en el piso sobre el camellón de la avenida, que es de adoquín. ¿O sería sólo cosa suya, de la incorregible distracción en que había caído? No hay que hacerle mucho caso a los locos, pero en fin... Cerraba los ojos y avanzaba media cuadra con su perra, como si ella lo estuviera guiando, pero no. La Bruja no era una perra de las que guían ciegos; por el contrario, había que guiarla a ella porque era despistada como un ángel. Jamás, y cuando digo jamás es jamás, jamás mientras vivió la Bruja se atrevió el viejo a cruzar una calle con ella y los ojos cerrados. Al llegar a un cruce los abría y cruzaban. Y es que él no estaba dispuesto a ponerla en peligro. La Bruja era su último tesoro, habida cuenta de que de niña le deshizo en hilitos sus cuatro alfombras persas.

—¿Y si iba solo?

—Solo tampoco porque no podía dejarla huérfana. Mientras ella viviera también tenía que vivir él.

Cuando murió la Bruja empezó a cruzar calles con los ojos cerrados. Un rechinar de llantas aquí, otro allí, un choque, maldiciones, hijueputazos. ¡Y qué! Él seguía. Si había decidido cruzar una calle con los ojos cerrados, no había poder humano que se los hiciera abrir. En eso era como su abuelo manejando el Hudson cuarenta y seis por la carreterita de Envigado a Medellín: en la bajada de El Poblado, a tres kilómetros de Medellín, para economizar gasolina apagaba el motor del carro y se seguía con el impulso que traía hasta llegar a las afueras, en terreno plano. Y jamás frenaba pues un frenazo le hubiera significado tener que volver a prender el carro, y el encendido de un carro gasta más gasolina que tres kilómetros. No paraba ni por el Putas, como dicen allá. Un día atropelló a una niña.

—Abuelito, mataste una niña.

—¿Una qué?

—¡Una niña! —le gritábamos Darío, Aníbal y yo aterrorizados.

Era medio ciego y medio sordo, y más terco que una mula. Pero caballero a carta cabal, paró y se bajó del carro a recoger el cadáver en vez de salir huyendo. Pues no, la niña no estaba muerta: se levantó, se sacudió la faldita del polvo de la carretera y eso fue todo, nada pasó.

—¿Y escarmentó tu abuelo?

—¡Qué va, no escarmentaba! «La próxima pongo más cuidado», fue lo que dijo y siguió por la bajada con el motor prendido, gastando una barbaridad de gasolina.

Pues bien, el viejo era como su abuelo, terco, le había dado por no gastar ojos. ¿Cuántas calles no se cruzó en México con los ojos cerrados? En Barcelona dijo:

—Me voy a cruzar la glorieta de Colón.

Y dicho y hecho, se la cruzó de camino al Moll de la Fusta. Faltando dos metros abrió los ojos, se dio cuenta y exclamó:

—¡Maldita sea, calculé mal, no me la pasé entera!

Que entonces se la iba a pasar de regreso. Si no fue de la Rambla al Moll, iba a ser del Moll a la Rambla.

Un vivo llamaría a ése un comportamiento suicida. Pero el viejo ya no tenía un carajo que perder.

Es más, cuando el viejo todavía manejaba tomó la misma costumbre al volante. Por la autopista a Querétaro, conduciendo a lo máximo como un enajenado, cerraba los ojos durante un kilómetro, por ejemplo del doscientos cinco al doscientos seis.

—¿Y si atropellás a un niño?

—A los niños que los cuiden sus mamás.

—¿Y a un pobre perro?

Ah, eso sí ya era otra cosa. Y con el argumento del pobre perro se convenció de que no podía seguir haciendo la misma gracia. Un perro muerto en una carretera le partía el alma y lo ponía a maldecir de Dios.

—Te va a soltar un rayo por blasfemo.

—Que me lo suelte ese hijueputa.

De hache pe no lo bajaba, y era lo más que tenía. Además, ahora estaba en España, país de blasfemos. Por más poderoso que fuera, ¿de dónde iba a sacar Dios rayos para tantos? En el montón estaba la protección. La muerte no le iba a venir de arriba: le estaba llegando de adentro.

De regreso a las Ramblas se volvió a cruzar la glorieta a ciegas, con las persianas bajadas. Sintió un rozón, un vientecito que le pasó zumbando, y voilà tout. Se había vuelto un virtuoso de un arte nuevo, el de cruzar calles a ciegas, y sin violín ni bastón. Frenaban porque frenaban. Su abuelo era más terco que una mula, y él más terco que su abuelo.

—¡Ay abuelo, si vivieras!

¡Cuánto hacía que no vivía y que lo seguía jalando, con la abuela y la Bruja, a la tumba! Y veinte más junto con ellos: sus amigos, sus primos, sus padres, sus hermanos... Muertos todos, todos muertos.

—Con tantos muertos jalando no se puede vivir, no dejan.

Y pasaba a insultar a los muertos. Iba solo bajo el sol rabioso por un malecón vacío, seguido por su sombra.

Insultando a los muertos volvió al pabellón de Colombia. Ahí estaban, instalados en varias mesas tomando café mientras la clientela entraba y salía, los escritores colombianos, sus colegas, venidos unos de Colombia y otros de la diáspora. Una ráfaga fresca sopló desde el mar, volvió a oír hablar colombiano y el alma se le inundó de dicha. Acababa de recobrar, por un instante aunque fuera, la felicidad perdida.

A todos les contó lo de Air France. Que por culpa de esos tales por cuales tuvo que dar un rodeo hasta Suiza. ¿Por qué no le advirtieron que los colombianos tenían que sacar visa francesa para pasar de una sala a otra en el Charles de Gaulle? Y para rematar le extraviaron el equipaje.

—¿Aún no le ha llegado, maestro? —le preguntó la empleada del stand.

—Anoche por fin llegó. En el hotel me lo encontré, en la recepción, tirado, abandonado, como un perro sin dueño.

Y se soltó en una diatriba contra Air France. Que nadie que tuviera dos centímetros de entendederas debía viajar por esa compañía asquerosa.

—¿Le provoca un tintico, maestro? —oyó que la muchacha le ofrecía a uno de los presentes.

—¡Ah, caray! —se dijo el viejo—. ¿También a éste le dicen maestro? Otra palabra que se jodió.

Pero no. Maestros en realidad, aparte de los albañiles y los zapateros, no es que hubiera muchos en Colombia; lo que pasaba era que los pocos que había estaban ahí con él, en el kiosco, a su mesa.

La que sí se había jodido por completo era la palabra «poeta», que quedó valiendo en su opinión como «hijueputa», pues había tantos de los unos como de los otros: no menos de cinco millones. Así pues, decirle hoy a alguien en Colombia «¿Le provoca un tintico, poeta?» era según él como decirle «¿Le provoca un tintico, hijueputa?». Ah, y eso de «Le provoca un tintico» se traduce así en cristiano: «¿Se le antoja un café?».

—Este idioma que algún día fue un idioma hoy es una colcha de retazos —pontificó—. ¿Qué diría Cuervo si estuviera aquí?

¡Qué iba a decir, si Cuervo murió hace cien años! Un muerto con cien años de pudrimiento no tiene ni idea de lo que es hoy la realidad, esto ha cambiado mucho. Ah, pero eso sí, las que sí no habían cambiado eran las faltas, los atropellos al idioma que Cuervo censuró y que ahí seguían tan campantes como un gallo montado en su gallina. Las playas atestadas, los aviones atestados, los inodoros atestados... ¿Y el cura-papa?

—Aferrado al báculo como una ladilla a la chimba de una puta.

La palabra que el viejo pronunció yo nunca la uso. Es de él, un colombianismo vulgar y grosero.

¿Y sus colegas? ¿Qué decían a todo esto sus colegas? ¿Le oían o no le oían? Sí, le oíamos como el que oye sonar el río y soplar el viento.

El viento, por lo demás, le hacía arder los ojos al viejo de tan salado, si bien a él y a todos nos refrescaba el pabellón: entraba por un lado y salía por los otros. Afuera Barcelona ardía en un horno; adentro estábamos en el cielo. Que tiene la misma temperatura de Medellín: dieciocho grados. Bueno, dieciocho allá en la infancia del viejo, porque con la proliferación de carros y fábricas y gente el cielo se calentó y se nos volvió un infierno.

—¡Si pudiera regresar a Medellín! —se dijo el viejo.

—¡Claro que podés! —le contesté—. Tomás un avión y listo.

—Pero no al de ahora: al de mi infancia.

—Ah, pues eso sí te va a quedar muy cuesta arriba. La máquina del tiempo no existe.

—Entonces no vuelvo.

Y de ahí no lo sacaba nadie. Llevaba no sé cuántos años sin volver, negándose a perdonarle a su ciudad que hubiera cambiado, como si él siguiera igual. Y no, un niño ya no era: era un viejo. Un viejo ideático, maniático, necio, y más terco que su abuelo que de niño atravesó una pared de bahareque a cabezazos. Que no se quede este detalle clave sin mencionar.

—Lo más parecido al Medellín de tu infancia —le dije— es el de ahora por más que haya cambiado. Del mismo modo que lo más parecido al niño que fuiste eres tú, el viejo que tengo enfrente.

Se quedó callado, pensando si ya le había llegado la hora de pegarse el tiro. ¡Cuál tiro! ¡Qué se lo iba a pegar! ¡Si ni revólver tenía! ¡Pendejo! Ahí seguía humildemente el pendejo arrastrando como un buey la pesada carreta.

Del idioma pasaron los maestros literatos a Colombia. No hay conversación de colombianos que no desemboque ahí, en el corazón de ese país que arde.

—A Colombia lo que le falta es una ley que prohíba la proliferación de leyes —diagnosticó el viejo—. Y otra que prohíba la proliferación de gente. Y una vieja verraca como el verraco'e Guaca que las haga cumplir.

¿Sabe usted quién es o fue el verraco'e Guaca? ¡Qué va a saber! Ya no queda ni uno en este mundo que lo sepa. Los que sabían se murieron y la expresión desapareció.

Bueno, bueno, bueno, en fin, dejemos esto, con sus paisanos el viejo se entendía fácil, fluían por unos mismos cauces mentales. Con ellos tenía un idioma común, un pasado común y un gran sueño común: todos querían ser presidentes.

—¿Y para qué? —preguntará usted.

—¡Hombre, pues para salvar a Colombia!

Él también pero tampoco. Quería sí, pero para:

—Montar el paredón y fusilar hasta a misiá hijueputa.

Los otros fueron diciendo lo suyo: que lo que se necesitaba era, para empezar, acabar con la miseria y la ignorancia; y para continuar, darles casita a los pobres. A lo que el viejo furioso replicó (palabras textuales tomadas con grabadora):

—Que se las den sus putas madres.

El viejo detestaba a los pobres, a los defensores de los derechos humanos, a los médicos, los abogados, los blancos, los negros, los curas, las putas, y las parturientas le sacaban rayos y centellas. Según él el único derecho que tenía el hombre era el de no existir. Como quien dice, cuatro mil millones de años que se necesitaron para producir el milagro del Homo sapiens tirados a la basura. El viejo era un insensato, un irresponsable, un inconsciente, un loco.

Por lo pronto, a falta de paredón habían montado en el stand un puestecito de café colombiano para los que fueran llegando, clientes o no. El café era de lo poco bueno que seguía produciendo Colombia, toda vez que se le murieron sus gramáticos. Tras la muerte de Cuervo fue el acabose. A la licencia en el idioma siguió la de las costumbres, la compra-venta de las conciencias, la indignidad, la venalidad, el peculado, desde el policía hasta el primer mandatario. Y así, de escalón en escalón, subiendo y subiendo pero bajando y bajando, el delito en amancebamiento con la impunidad se había enseñoreado de Colombia.

Y a todas éstas preguntará usted: ¿quién fue Cuervo? Hombre, Cuervo (don Rufino José) fue el más grande gramático de Colombia. Lo cual es mucho si se mira desde adentro de Colombia y de la gramática, pero si se mira desde afuera muy poquito. Cuervo no es nada, por ejemplo, en el dark room de un bar gay.

Sopló el viento, subió el humo de la taza de café y al viejo lo inundó una felicidad infinita. ¡Claro, con sus paisanos ahí, bajo el pabellón fresco, a la sombra de Cuervo y de Colombia!

—De Colombia sí, güevón, ¡pero a la orilla del mar en Barcelona! Colombia ya no tiene arrimadero. Más tiene un volcán en erupción.

Los guamos del cafetal filtraban el sol con sus hojas. Eran los altos árboles del sombrío del café que nos daban sombra pero que nos dejaban ver: arriba el cielo de arriba, abajo el cielo de Colombia; los dos cielos haciéndose eco. La luz caía en hilitos reverberando en el polvo del aire. Y es que la luz no se ve, lo que se ve es lo que la luz ilumina: esos ríos tan grandes y esas montañas tan altas.

—¡Cuáles ríos! Los ríos de Colombia se secaron y sus peces se murieron. Hoy el Cauca y el Magdalena son unas miserables cloacas.

La voz del otro le tiñó su efímera felicidad de luto. Regresando al hotel lo invadió la tristeza. Vagas angustias que arrastraba desde hacía años, imposibles de precisar y que salían de repente a flote. ¡Y el remordimiento, los remordimientos! ¿Quién que haya vivido no tiene remordimientos? Para colmo se cruzó otra vez con la paloma: ahí seguía, en el cemento del andén, con las alas rotas. Los pasos desmemoriados del viejo lo habían vuelto por el camino andado.

—¡Ay, niñita! ¿Por qué tenías que morirte hoy justamente?

Siguió su camino el viejo pero al tratar de olvidar la paloma recordó a la Bruja, su perra, muriéndose en su apartamento de México, y a su padre muriéndose en la casa de todos en Medellín.

—¿Y por qué te tenés que acordar siempre de papi muriéndose? —le había reprochado un día su hermana Gloria—. Acordémonos de los momentos felices que vivimos con él.

¡Si pudiera! Ya ese día del reproche se lo había tragado también el lodazal del tiempo y Gloria se había muerto a su vez, y ahora sus padres junto con ella y sus demás hermanos, sus tíos, sus abuelos, su amada Bruja y cuantos amó se habían reducido a sus muertes. Y atando cabos de muerte una muerte lo llevaba a otra muerte y otra a otra, y de muerte en muerte llegaba a la propia. Era incorregible: salía del pantano para volver a él.

—Si hace un instante andabas bajo el sombrío del cafetal de Santa Anita tan contento... Pensá en la finca.

—La demolieron.

—Pensá en el cielo de Medellín en diciembre lleno de globos.

—Ya no elevan más globos. Hoy nadie sabe ni qué son.

Son rombos o esferas o cruces de papel de china de alegres colores que se van al cielo con una candileja encendida y el alma tras ellos.

—¿Sí te acordás del de ciento veinte pliegos que elevamos en el corredor delantero de Santa Anita?

¡Claro que se acordaba! Si había sido el globo más grande que vieran los cielos de Antioquia...

El sol se puso en camino y el viejo llegó al hotel con las primeras sombras, a nada, a no dormir, a seguir en su diálogo de sordos consigo mismo. Por la sal del aire le lagrimeaban los ojos. Como a don Roberto López cuando se iba a morir. La muerte es como la Virgen del viernes santo, lacrimosa.

—Mirá, Aníbal —le había advertido a su padre don Roberto López mientras se tomaban sus últimos aguardientes juntos—, cuando te empiecen a llorar los ojos como a mí es que ya te vas a morir.

Y exacto. Se murió don Roberto López, se murió su padre, se murió nuestro amigo el viejo: tomó el original por el camino más trillado.

Meciéndose en el río de cirios encendidos, con su manto negro tachonado de estrellitas como la noche, avanzaba la Virgen Dolorosa. El niño, el viejo, iba de la mano de su padre en la procesión del viernes santo en Medellín, por las calles de su barrio de Boston. ¡Qué luctuosa era la procesión y qué triste iba la Virgen! ¡Pero qué feliz iba él!

—¡Uy!

—¿Qué pasó?

Que la cera del cirio prendido se había chorreado y le había quemado al niño la mano.

—¡Do! ¡Sol! ¡Do! —iban retumbando abajo, en sus socavones, las tubas de la banda al ritmo de sus pasos.

No. Era al revés. La procesión y el niño avanzaban al ritmo de ellas. Las tubas eran las que iban diciendo cuándo.

—¡Tónica! ¡Dominante! ¡Tónica! ¡Bum! ¡Bum! ¡Bum! ¡Do! ¡Sol! ¡Do! ¡Lento! ¡Lento! ¡Lento!

—¡Qué te vas a morir, hombre! —le decía yo a papi por consolarme y consolarlo—. No le hagás caso a don Roberto, que en paz descanse. Lo que pasa es que tenés los conductos lagrimales tapados. Hacete masajitos en los ojos con los ojos cerrados, así.

¿Masajitos para la muerte? Gira el mundo y se mueven los continentes no se va a secar un río y no se va a morir un viejo... ¡Pendejo! A los viejos hay que dejarlos morir. Y si una mano caritativa les apura el mal trance, tanto mejor. Gente en este mundo es lo que sobra.

—Exacto. Por cada niño que entre, que salga un viejo.

—¡Si fuera tan fácil! No hay para tanto. Niños hay por trillones, viejos muy pocos.

—Tenés razón, los viejos semos muy escasos.

Decía «semos» por joder, por burlarse de los campesinos viejos de Antioquia, a los que se pasaba todo el tiempo en su interior «arremedándolos».

—Eh, ave María, hombre, Colombia sí es muy bonita.

—Bonita sí, pero puta como la ciudad de Pereira y una veleta al viento. ¡Arre, arre, arre, viejos! ¡Avancen, recua, que ya vamos rumbo al cementerio!

Y los arriaba como mulas por una calle en bajada que iba a dar al cementerio de cierto pueblo olvidado de Antioquia ¿que se llamaba cómo? Se me olvidó. Luego se ponía el viejo a hacer balances y a sacar cuentas. Balances de lo vivido y cuentas de los que sobran.

—Como cinco mil ochocientos ochenta y nueve millones ochocientos ochenta y nueve mil ochocientos ochenta y nueve hijueputas son los que sobran. Hay más hijueputas aquí abajo pegados de una teta que estrellitas en el cielo. ¡Cuánta bestia bípeda entregada a la cópula! ¡Caterva! Habéis vuelto el planeta una colmena. Y entráis y salís, sacáis y metéis, zumbáis y zumbáis.

Nunca he sido yo partidario de las opiniones drásticas. Él sí. Para él todo era blanco o negro, cielo o infierno. Y pues no, también existen puntos intermedios, como por ejemplo el gris y el purgatorio. ¿Y esos plurales de segunda persona, «habéis», «entráis», «sacáis», «zumbáis»? ¿Oí bien? ¿Un antioqueño hablando con el vosotros? ¿Habrase visto mayor fenómeno?

—¿Se te contagió España, o qué, pendejo? Dejá de arriar mulas y de hablar como gachupín loco y andate otra vez para la calle que aquí no tenés nada que hacer.

Y otra vez a la Rambla a conjurar el insomnio, a ver pasar prójimo.

—Ah, si lleva cuarenta años sin venir a Barcelona no la va a reconocer, está muy cambiada —le había advertido el taxista que lo trajo del aeropuerto al hotel, un viejo como él.

Pues en lo que veía hasta ahora no advertía ningún cambio: los mismos edificios, las mismas calles, el mismo ir y venir de gente. El que sí estaba muy cambiado era él, que volvía en las ruinas del que fue.

Tras salir del Liceo y caminando por la Rambla con el alma todavía inundada por la música de Gluck se tropezó con el muchacho prostituto.

—¿Adónde podemos ir? —le preguntó.

Que a una pensión que él conocía.

Dejaron los dos muchachos la Rambla y tomaron por las calles aledañas. Ahora iban por una avenida.

—¿Cómo se llama esta avenida? —le preguntó.

—La Rambla Paralela —le contestó.

Pero no iba paralela, corría sesgada. Por esa avenida sesgada llegaron a la pensión, un apartamento oscuro con un pasillo largo. Un «piso», como les dicen en España. Una viejita de ojos dulces y pelo blanco los recibió y los condujo a uno de los cuartos.

—¡La abuela! —se dijo el muchacho recordándola y sintió ganas de llorar.

La viejita de la pensión le recordaba a quien más amaba. ¿Por el pelo blanco? ¿Por los ojos dulces? ¿Por el alma cansada? Un mar y unas montañas lo separaban de ella.

Pasaron los dos muchachos al cuarto, cerraron la puerta y se empezaron a desvestir. ¿Qué hacía él ahí, en Barcelona, y para dónde es que iba? ¿Para Madrid? ¿O para Roma? ¿Cómo podía vivir sin la abuela, lejos de ella y de Colombia? Llevaba afuera un año que se le había hecho un siglo. Ya era hora de regresar. Se quitó los zapatos, se quitó las medias, se quitó la camisa, se quitó los pantalones.

—Un coñac —pidió el viejo sentándose a una de las mesas de afuera del Café de la Ópera.

El chulo a su vez se quitó los zapatos, se quitó las medias, se quitó la camisa, se quitó los pantalones y prendió un cigarrillo. Las blancas sábanas contrastaban con la suciedad de su alma. Luego las volutas de humo se fueron yendo hacia donde siempre se van: al cielo.

Y mientras le traían el coñac el viejo se puso a recordar con los ojos abiertos, viendo sin ver, en el aire: a la abuela, a la vieja de la pensión y al muchacho prostituto.

—Madre Celestina: yo soy de la opinión de que te canonicen para borrar los cinco largos siglos de infamia que llevan calumniándote. Si alguna santa en el mundo ha sido eres tú. Para ti mi amor por toda la eternidad del infierno.

Y que le iba a mandar una carta de su puño y letra al cura-papa abogando por ella: a Su Santidad que tan pródiga se había vuelto en beatificaciones, canonizaciones y santificaciones.

La gente miente en principio cuando abre la boca y habla: a veces miente mucho, a veces menos. Y cuando se hablan a sí mismos ni se diga, mienten más. Él nunca. Vivía en guerra declarada contra el mundo desde que se acordaba. Su más lejano recuerdo era de niño dándose de topes con la cabeza contra el duro piso de baldosa porque no le daban su chocolate de las tres de la tarde y el reloj de muro ya había dado las tres.

—¡Tan! ¡Tan! ¡Tan! —iba diciendo la cabeza.

—¡Tin! ¡Tin! ¡Tin! —había dicho el reloj.

Era un reloj timbrado, hermoso, con un caballito de marfil coronándolo. Presidía en Santa Anita, desde un muro, el comedor.

—Junto con San Antonio de Padua, ¿sí te acordás? Un santo calvo.

El viejo pensó en la finca Santa Anita y la bendijo y en Colombia y la maldijo y en dos segundos le repitió su eterno memorial de agravios. Que lo uno, que lo otro, que lo otro, que por qué esto, que por qué eso, que por qué aquello... Y le remachaba la perorata con estadísticas:

—El año pasado mataste a veintiocho mil y secuestraste a tres mil quinientos. ¿O me vas a decir que no y te vas a hacer la pendeja?

Contra las cifras no había réplica. Ahí estaban los secuestrados y ahí estaban los cadáveres. Que los soltara y los desenterrara para que hablaran o se callaran.

Tomó con el chulo por la Rambla Paralela. ¿Pero es que se llamaba así? En el mapa dice ahora «el Paralelo».

—¡Qué más da! El nombre no cambia la esencia de las cosas.

—¡Claro que las cambia! El nombre es todo. Sin él no hay cosas.

—Mañana cuando amanezca, si es que amanece, vuelvo a la Rambla Paralela —se prometió.

Y claro que amaneció, ¿cuándo no? Sigue siempre amaneciendo y saliendo el sol por el mismo lado, necio, terco. Otra cosa es que el viejo hubiera podido dormir, porque no pudo. La paloma se le había ido para siempre. A falta de paloma entonces se puso a formular su epitafio: «Beatus transit aeternitate». Pero no, «beatus» le sonaba mal, «beatus» para él no podía traducir «feliz». Beato era cualquier santurrón que se iba al cielo. ¿No sería mejor «laetus»? ¿«Laetus transit aeternitate»? «Laetus» sonaba mejor, ¿pero se podía aplicar también a las personas? ¿O sólo a las cosas? ¿A quién preguntarle si ya nadie sabía latín? ¡Pues a un muerto! A don Rufino José Cuervo, por ejemplo. Que los muertos les pregunten a sus muertos. El latín, como lengua muerta que es, se le hacía muy bien para los epitafios. El problema era que con los dos milenios que llevaba de muerto, y masturbado durante los susodichos por la Iglesia, el cadáver se había venido descomponiendo, descomponiendo, y hoy en día no llegaba ni a polvo de polvo.

—¡Se está pudriendo en vida el español, no se va a podrir el latín que está muerto! Dejémonos de güevonadas.

El viejo escribía en español pero se hablaba en antioqueño. A mí, con lo experto que soy en leer pensamientos, les confieso que a veces me costaba trabajo entenderlo.

—Pensá en cristiano, güevón —le decía remedándolo.

Ahora volvía al taxista que lo trajo del aeropuerto al hotel, un pobre español de los de antes perdido en un mundo ajeno.

—¿Es la primera vez que viene a Barcelona? —le había preguntado el pobre, con solidaridad de viejo.

—No, por aquí pasé de muchacho.

—Pues no la va a reconocer, está muy cambiada.

¡Qué iba a estar! La misma en lo mismo. Las mismas bestias bípedas en la misma cópula.

Había empezado por odiar a las mujeres embarazadas, que son culpables, y acabado por odiar a los niños, que no lo son. Veía a un inocente cruzando una calle acompañado de su mamacita linda, y los bendecía con la mano izquierda a ver si un carro los atropellaba y los mataba a ambos. Eran bendiciones de diez o quince centímetros, chiquitas, avaras, como de papa. Por fortuna en Barcelona no había niños. Ni perros abandonados, ni putas embarazadas. Putas sí, y muchas, pero no embarazadas. Una ciudad civilizada, en fin, donde él podía vivir.

—Otro coñac y la cuenta.

Al dejar el Café de la Ópera vio adelante, en la misma Rambla, a una estatua viviente: una mujer verde, de bronce, vestida de romana y con una bacinilla al lado donde los que pasaban le tiraban monedas:

—¡Tin! ¡Tin! ¡Tin! —iban diciendo las estúpidas, tintineando al caer.

Uno le tiró un billete y la estatua inmóvil abrió la boca y dijo con voz de falsete:

—Gracias.

Más adelante vio a uno con un aparatico en el oído, una especie de radiecito portátil, hablando en el aire. Esperaba el loco un momento, como oyendo la voz interior, y luego se contestaba y seguía andando. El radiecito le daba una gran seguridad en sí mismo, a juzgar por el tono.

—¡Ajá, con que otro hablando solo! —se dijo muy complacido el viejo, y volvió a lo suyo.

Sí señor, eso estaba muy muy cambiado pero no por donde el taxista creía. La que fuera ciudad de los herejes se había convertido en la ciudad de los holgazanes. Metían, por ejemplo, una tarjeta en una máquina, y en un santiamén sacaban billetes. Así, claro, nadie trabajaba, ¿para qué? ¡Que trabajen las máquinas! Y sintió compasión por el taxista viejo del aeropuerto. Allá en sus mocedades debió de ser un español prepotente, espejo de sí mismo. Ahora era una mansa oveja.

—El tiempo doma —se dijo el viejo.

¡Pero qué va! A él no lo había domado. No transigía, no cedía. Y mientras más, más. Se empeoraba.

Ardiendo el sol de mediodía llegó a la Rambla Paralela: el «Paralelo», según el mapa. Ése tenía que ser. Y tomó por la larga avenida buscando la pensión, tratando de orientarse en el olvido. Edificios y edificios y edificios, iguales, iguales, iguales. Si en alguno de ellos hubo algún día una pensión, ya no estaba. ¿Y qué importancia tenía localizarla? ¿Se iba a encontrar acaso en ella a sí mismo? Por su acera venía otro monologuista dialogante con el radiecito en la oreja. El radiecito le daba seguridad al loco y lo ponía a hablar en voz alta. Que sí, que no, que no, que sí, decía con tono perentorio.

¿Gente hablando a gritos sola por la calle? He ahí una alcahuetería más de los regímenes democráticos. El odio que le tenía el viejo a la tiranía sólo se podía comparar con el que le tenía a la democracia. Cuantos detentaban el poder, zánganos eran. Presidentes, reyes, papas. Su animadversión por la familia real de España se extendía a las de Inglaterra, Suecia, Noruega, Dinamarca, Holanda. Pero la palabra «elecciones» lo sacaba también de quicio, y más si la decían en singular por contaminación del inglés. Miró a lado y lado de la calle: los carros que iban, los que venían: muchos.

—Así me gusta, muchos. La vida es riesgo. Corrámoslo.

Contuvo la respiración, cerró los ojos y por entre la barbaridad de carros se cruzó a ciegas el Paralelo, la calle de su recuerdo. Incólume llegó a la otra orilla, a la acera opuesta diciéndose que él para ver ya no necesitaba ver, que con lo visto en su larga vida había visto bastante. Gente, pueblos, miserias, del cuerpo y del alma... Y viendo sin ver vio una especie de enfermería abierta al público en un piso bajo dando a la calle. Entró. Un dispensario. Una de esas mamadas que montan aquí y allá los salesianos dizque para hacer la caridad. Con san Juan Bosco en un cromo en la pared conduciendo a santo Domingo Savio por la senda del bien. Y sobre una tarima una talla del Señor Caído: Cristo ensangrentado por los latigazos, con la cara de un masoquista recién salido de las manos de un sádico. Eran horas hábiles y una veintena de inmigrantes desechables esperaba consulta.

—Señorita —le dijo el viejo entrando a una doctora—, vengo a que me tome la presión porque la tengo muy baja o muy alta. Llevo varios días sin dormir y no me siento bien. Y deje usted los días, ¡las noches! Por lo menos en Barcelona no hay zancudos. ¿O será que no es temporada?

No le dijo «doctora» a sabiendas de que lo era, porque en su larga vida había aprendido que lo mejor era rebajar de entrada a los soberbios. Si se dirigía, por ejemplo, a un capitán, le decía: «Mi sargento», y lo trataba como a un cabo. La fórmula le funcionaba. ¡Y cómo no con la pinta que se gastaba! La frente ancha de inteligencia, la cabeza coronada de nieves eternas como un volcán, los bigotes enhiestos, los ojos vivaces... Haga de cuenta usted un káiser alemán salido de un retrato.

Eso por cuanto a él se refiere. En cuanto a ella, la doctora, era una lesbianoide vieja y seca. Seca como una paja y vieja como su instrumento, un baumanómetro de los de antes, «de pared», que no falla: le hizo arremangar al viejo la manga izquierda de la camisa, le colocó el estetoscopio sobre la arteria braquial, le ajustó en torno al brazo el baumanómetro, lo infló con la perita a lo máximo y observó la columna de mercurio: nada. Volvió a inflarlo intrigada y lo mismo: nada, muda, quieta. No se movía un milímetro la maldita. Entonces con voz áspera, ríspida, la facultativa diagnosticó:

—Cero la sistólica, cero la diastólica. Usted está muerto.

—Ah... —dijo el viejo.

Y ante los ojos atónitos de los circunstantes se esfumó en el aire caliente del verano.

En adelante le tomó un desprecio tal a los vivos que se iba por en medio de las calles sin importarle un comino los carros, que pasaban por él y se seguían de largo. Y él igual, entraba a las casas y a la intimidad de los cuartos atravesando paredes como Balzac, y a cuantos se le cruzaban por el camino les leía la mente y las intenciones.

—Ya sé en qué estás pensando, puta, te lo voy a decir.

Y desnudándoles cuerpos y almas hasta lo más recóndito los dejaba doblemente en pelota. Se había vuelto fantasmal, transubstancial, ubicuo, mas no por ello menos malhablado y maldiciente. «Vaca vieja no olvida el portillo», habría dicho la abuela.

El delito en amancebamiento con la impunidad se había enseñoreado de Colombia. Una cadena de presidentes bellacos se había instalado en el solio de Bolívar a partir del que le daba nombre, y el viejo juró no volver. Medio siglo había transcurrido e iba cumpliendo. Ahora de lo que se trataba era de que no lo fueran a repatriar en cenizas para parrandearse su gloria. ¡Y eso sí que no! En su entierro el único muerto iba a ser él y no iba a permitir protagonismos de nadie. Que lo enterraran sin fanfarrias ni ataúd, ni discursos, ni flores y punto. Lo que se acabó se acabó. Que se metieran sus homenajes por el culo.

El viento barría el polvo en el stand de Colombia y les pasaba a la carrera las hojas a los libros que se exhibían sobre las mesas, como para instruirse de prisa.

—Así leen los españoles —comentó el viejo.

Y se embarcó en su tesis de que los españoles compraban libros pero no los leían. Como él, que tenía un condón sin usarlo desde hacía años y años. Y lo sacó de un bolsillo para mostrárselo a los otros maestros.

—Éste, paisanos, es el condón del optimismo: vencido en el milenio que pasó. La fecha de caducidad les da una medida de mi decadencia.

Rompió la envoltura, extrajo el condón y lo infló: de viento. Luego lo desinfló y lo tiró a un cesto de basura arrugado.

—¡Ay, qué ocurrencias las suyas, maestro! —dijo la señorita del stand sonrojándose.

A dos cuadras del pabellón, por la misma calle de las casetas, habían montado otro cobertizo en que tres escritores colombianos disertaban ahora ante un público escaso.

—Uno, dos, tres, cuatro... —fue contando el viejo con asombro a los oyentes hasta veinte.

O sea que a cada uno de sus tres colegas paisanos le estaba tocando de a seis oyentes y cacho (si es que se puede en este mundo partir a un cristiano en cachos). ¡Venir uno de tan lejos para hablar ante tan poquitos! ¡Qué despilfarro de avión y tiempo!

Uno de los que estaban en turno para el día siguiente comentó:

—O está muy mal organizada esta feria o es que los escritores colombianos no valemos un carajo.

—O ambas —dijo el viejo.

—Si a mí me tocan seis y medio, no hablo —amenazó entonces el otro—. Yo tengo más de veinte mil lectores.

—Yo cien —replicó el viejo.

—¿Sólo cien?

—Sí, pero los míos son cien genios y los tuyos veinte mil pendejos.

El viejo era humilde de tan soberbio. Por eso me caía bien. Le tuve siempre simpatía y fui a su entierro, que fue un otoño cualquiera con árboles en pelota. Cuatro pelagatos fúnebres componían el cortejo, más un perro y viento. El perro «se les había pegado», como dicen en Colombia, a los dolientes; y el viento le ventilaba las pulgas al perro. ¡Qué tristeza! ¡Qué desolación! ¡La muerte qué hijueputa es!

—Pero más es la vida —sentenció el viejo tomando de una de las mesas del stand un libro de Planeta colombiana, que al abrirlo se desencuadernó—. ¡Uy, qué mal empastado, en qué mal papel y qué mal impreso! Los libros de Planeta colombiana los hacen con bagazo'e caña, son una mierda.

Que cuando los miraba con la lupa que tenía para contarles los hilos a sus alfombras persas, en vez de la trama regular de un papel que se respete lo que veía era un basurero de fibras. Menos mal que los libros ya se iban a acabar para que Colombia dejara de perder el tiempo en eso. Colombia no nació para los libros. Ni para el fútbol. No tenía salvación, estaba «más perdida que el hijo de Lindberg», como decía la abuela.

—¡Ay abuela, si vivieras!

Pero no. ¡Cuánto hacía que había muerto! Y ahora era tan sólo un puntico de luz en el caos oscuro de su cabeza, y una punzada que le sacaba de ritmo el corazón. El aire salado del mar le hizo lagrimear los ojos. Se levantó, se despidió de sus paisanos y salió de la frescura del stand al calor del verano. Una brisa fresca sopló por la calle del Perú, la de su infancia, y agitó las ramas de los carboneros. ¡Qué fresco era Medellín entonces y qué caliente que se puso! Todo cambia. Cambian el clima y las ciudades. Si hubiera forma de parar el tiempo para que no avanzara, y el mundo para que no cambiara... ¡Qué iba a haber, esto era un desastre sin remedio! Nada de lo que estaba mal se componía, y todo lo que estaba bien lo dañaban. Ésa era la ley del mundo.

—¡Qué bueno que te moriste, abuela, muy a tiempo! Te escapaste de Gaviria y de Samper.

Y se ponía a maldecir de los dos bellacos.

—¡A quién carajos le importan ese par de hijueputas en Barcelona! —le hacía ver yo—. Meditá, razoná, sopesá las cosas...

Le hablaba de «vos» como antioqueño por seguirle la corriente. Pero yo antioqueño no soy, Dios libre y guarde. Soy suizo. Un suizo que escribe en español.

Acto seguido el suizo extravagante pasó a sustentar la tesis de la superioridad del español sobre los demás idiomas, con la que el viejo se identificó plenamente. Yo no. Eso es proselitismo idiomático, bobadas de los hispanistas, que son una especie en extinción. En fin, allá ellos, cada loco con su tema. Y me quedé viéndolos alejarse por la calle de las casetas bajo el sol poniente. ¿Qué irían pensando? ¿Qué irían diciendo? ¡Vaya Dios a saber!

A las cinco de la madrugada seguía el viejo sin poder dormir ni saber qué día era, ni cuándo hablaba, ni de qué iba a hablar. Y sobre todo, preguntándose cuándo es que le iba a llegar por fin la muerte y montada en qué. ¿En un zancudo? ¡Pero en Barcelona no hay zancudos! En México sí. Los importó de África el presidente-perro José López Portillo, volviéndole a nuestro pobre viejo sus noches mexicanas un infierno. Ese perro en realidad no lo fue, sino un frivolón alzado, de cejas negras tupidas como las de su mentor Satanás. Y por asociación de apellidos y granujas que un día mamaron del poder, recordó a otro López, López Michelsen, el colombiano, un degenerado de calibre tal que de las cuatro bases del ácido desoxirribonucleico sólo tenía tres: la guanina, la timina y la citocina; le faltaba la adenina. ¡Como si le quitaran la «a» al sánscrito!

Y ahí iba el viejo perdido en su mundo interior, bajo el sol poniente, dejando atrás su larga sombra.

Cuando llegó a la Rambla se cruzó con un muchacho de una belleza tan deslumbrante, pero tan tan tan tan tanto, que se le salieron al viejo las lágrimas. ¿O fue por la sal del aire? Y ahora se me van preparando porque viene el prodigio. En menos de cinco segundos y de cinco instantáneas o fotos, el viejo vio al muchacho convertido en otro viejo como él. Además del balzaciano lector de pensamientos nuestro amigo tenía un aparatico igual de bueno: el envejecedor súbito, por medio del cual veía, por ejemplo, a uno de esos muchachos espléndidos que produce Cataluña la grande, y en un abrir y cerrar de ojos lo convertía en un viejo decrépito por sucesivos pasos: foto a los treinta años, foto a los cuarenta, foto a los cincuenta... Y así hasta llegar a él, al futuro que se nos volvió presente.

—Buenas tardes —le saludó el otro viejo.

—Buenas —le contestó el nuestro.

Y cada quien siguió su camino con su monólogo y su sombra. Los viejos cuando se encuentran en la calle se saludan; las perras en cambio no, se pelean. Así está hecho esto.

El sol necio se puso frente al mar y lanzó sus últimos resplandores sobre las Ramblas. ¿Cuándo es que tenía que hablar? Se le había olvidado. ¿Y qué es lo que iba a decir? Nunca lo había sabido. En un papelito había anotado el día y la hora en que debía hablar, pero no encontraba el papelito. ¿Dónde lo habría guardado? Se registró los bolsillos y nada: la mera llave del hotel, una tarjeta. El viejo había nacido en Antioquia, una tierra de arcaísmos; y le había tocado vivir en un mundo de neologismos en que las llaves son tarjetas. ¿Cómo querían que estuviera? Ocho dígitos tenía que marcar para hacer la más simple llamada telefónica, y como su flaca memoria no le daba para retenerlos y marcarlos sin leerlos, para marcarlos tenía que leerlos, pero para leerlos tenía que verlos. ¡Y cómo verlos de noche en las mal iluminadas cabinas telefónicas! Andaba entonces con una linternita como Diógenes, mas no para buscar un hombre pues ya no le interesaban, sino para poder ver. ¡Pobre! Los viejos de noche no ven y en verano tienen frío.

Todo estaba mal, le habían trastornado el mundo. En los hoteles tenía que hacer un curso intensivo para poder usar la caja fuerte de su cuarto y la bañera, porque los sistemas en cada hotel cambiaban. El tubo de las bañeras le serpenteaba echando agua hirviendo como una culebra loca y le quemaba la cara. ¡Y las llaves-tarjetas! Las metía en las ranuras suavecito para abrir la puerta y nada. Con fuerza y rabia y tampoco. Tenía que bajar entonces a la recepción a que le mandaran un botones para que le solucionara el problema. Menos mal que el sexual ya no lo tenía y para ése no necesitaba botones. Cuando él nació la gente llegaba a la vejez sabiendo todo. Ahora los viejos tenían que seguir aprendiendo como niños de teta. El mundo, que un día fue suyo, hoy era ajeno. ¿Y quiénes eran los nuevos dueños? ¡Cuáles van a ser, hombre, los mismos de antes! Este engendro del Homo sapiens que en mala hora parió la evolución.

—Maestro, una buena noticia —le anunció la empleada del pabellón de Colombia no bien lo vio llegar, rozagante de insomnio esa mañana—. Usted va a hablar ahí, en la glorieta.

La glorieta era la efímera placita de Colombia.

—¿Y por qué buena?

—Ah, porque así se tiene que desplazar menos —replicó la maldita, como si él fuera un tanque oxidado que no pudiera avanzar.

La gravedad, es cierto, lo jalaba cada día más y más hacia el centro de la tierra. Sin embargo se sentía capaz de llegar caminando al cementerio.

—A mí que no me metan en camisa'e fuerza —era lo que decía, significando la caja de madera, el ataúd.

Detestaba los ataúdes, las coronas de entierro, los entierros... Y a los vivos que llevan a los muertos.

—¡Por qué lloran! ¿No ven que el bienaventurado descansó de nosotros, y nosotros de él?

La putrefacción de los muertos se le hacía la cúspide del gran fenómeno de la vida. Que los gusanos se le fueran comiendo a uno el alma, las ambiciones, las ilusiones le hacía ilusión. Y mientras los gusanos de la caja oscura cumplían su obra pía, Diosito bueno desde arriba mirando y callando, callando y mirando... De joven, cuando estudiaba en Roma, tramitó ante el Vaticano un kilómetro de papeleo para que le permitieran ver en San Pedro con la tapa abierta el pudridero de los papas. Nada logró. La tramitología vaticana es peor que la colombiana. Burocracias eclesiásticas enredadas en sus latines...

Bueno, iba a hablar en la placita de Colombia, ¿pero cuándo?

—Mañana a las doce en punto, maestro.

—¿A las doce, a pleno sol?

—¡Qué importa! Se pone una cachucha y listo.

Le molestaba tanto el sol del verano como el frío del invierno. Él estaba graduado para funcionar como las vacas de Medellín: a dieciocho grados.

—No te olvidés de que en Medellín ya no hay vacas, y que el clima se calentó: está a treinta y la devaluación a dos mil quinientos.

En ese instante el viejo se recordó de muchacho aterrizando en el aeropuerto de Bogotá de regreso de Nueva York. Venía a su lado una familia colombiana, y cuando el avión dejó las montañas y empezó a descender sobre la sabana, los niños empezaron a preguntar por las vacas. Que dónde estaban, que si era cierto que había en Bogotá.

¡Pero claro que en Bogotá hay vacas! Vacas había en toda Colombia pastando hasta en las pistas de los aeropuertos, por millones: se metían por entre las llantas de los aviones a apro-

vechar las yerbitas que asomaban de las cuar-
teaduras del asfalto del pavimento.

—¡Ahí! ¡Ahí! ¡Abajo! ¡Miralas! ¡Miralas!
—se gritaban los niños en el colmo de la exci-
tación señalándolas cuando el avión había bajado lo suficiente y nos las permitía ver allá abajo, chiquiticas como vaquitas de un pesebre de
navidad en el verde de la sabana.

El viejo (perdón, el muchacho) com-
prendió entonces qué pasaba con esos niños,
sus paisanos: habían nacido en Nueva York, y
aunque sus padres les habían hablado mucho
de las vacas ésta era la hora en que aún no las
conocían. Colombia para esos niños colombianos nacidos en el extranjero se reducía a unas
vacas. ¡Claro, en el zoológico de Nueva York
no las hay por tan corrientes! Ni en el Central
Park por tan escasas. Ni en el Lincoln Center,
ni en el Rockefeller Center, ni en Little Italy, ni
en Chinatown. No las hay. Ni en el trencito
elevado que nos llevaba a Queens donde nos
habíamos instalado para reconstruir allí a Colombia, de a pedacitos, entre nostalgias, los de
la diáspora. Fisk Avenue: Ora pro nobis. Se-
venty Four: Ora pro nobis. Jackson Heights:
Ora pro nobis. Elmhurst Avenue: Ora pro nobis. Junction Boulevard: Ora pro nobis. ¡Corona Plaza!

El viejo se bajó de muchacho en la esta-
ción equivocada: iba para Jackson Heights y se
siguió hasta Corona Plaza. ¡Viejo güevón!

Cuando las llantas del avión tocaron el suelo bendito que besó el papa, en la pista misma del aeropuerto pudimos conocer en persona a las vacas. ¡Qué hermosas son! ¡Benditas sean las vacas, mis hermanas las vacas!

Con los ojos llorosos por la sal del aire el viejo siguió su camino extraviado en las calles de esa ciudad extranjera, Barcelona de los locos, Barcelona de los herejes, Barcelona de los parias.

A propósito del envejecedor súbito de que he hablado y antes de que se me pase por alto (la maquinita mágica que envejecía instantáneamente y que el viejo inventó), debo decir que se le ocurrió pasándoles revista a sus pasaportes viejos. Los guardaba, vencidos y anulados, para poder probarse un día que había vivido, aunque en general no conservaba nada. Pues bien, viendo las fotos de los sucesivos pasaportes que se iban reemplazando unos a otros en la larga serie de su vida, recordó que cada vez que le habían tomado una de esas fotos se le había hecho muy mala, pero muy buena la anterior.

—Qué tan mal salí en ésta —se decía—, pero qué bien en la de hace cuatro años.

¡Claro, cada día vamos subiendo en edad y bajando en discernimiento!

—Quemá esos pasaportes, hombre, y no jodás más con eso —le aconsejaba yo.

Que no, que no los quemaba, que ellos eran su alma y su memoria. Y hasta razón tenía el viejo, me digo yo ahora que se murió. Si uno se borra de la cabeza los recuerdos y quema el álbum de fotos, ¿en qué queda? No se puede ir destruyendo la escalera a medida que uno la va subiendo, ¿o sí? Yo digo que no, y que la única razón para que el hombre viva es para que deje fotos. Dios no existe, no hay foto de él. Ni de Cristo tampoco. Por lo tanto Cristo no existió, ése es un bobo, un espejismo de curas y de papas.

La mariquita de Gaviria borró de un plumazo la palabra «honorabilidad» del diccionario de Colombia. Le siguieron al bellaco Samperito y Pastranita, otros dos. Y no soy yo el que lo está diciendo, era el viejo el que lo iba pensando mientras avanzaba al borde del mar por un malecón de palos.

—¡Qué mar más sucio! Lo tienen todo contaminado. El que se meta ahí agarra una tifoidea galopante.

El mar, sin embargo, le calmaba los nervios. Su solo ruido para él tenía virtudes curativas.

—Sí. Otro descubrimiento mío.

¡Qué iba a ser! La talasoterapia es más vieja que el uso de andar parados. Se pasó la vida el pobre redescubriendo verdades viejas y reencauchándolas de nuevas. El viejo nada descubrió. Nada en los muchos años que nos estuvo dando guerra. Llegó al tope del malecón, se abrió la bragueta y orinó en el mar.

—Ácido úrico para los tiburones.

Otra de sus mamarrachadas. También se jactaba de haber orinado en la subida de la escalera de la cúpula de San Pedro. Se guardó el sexo estúpido, se cerró la bragueta y se quedó mirando al mar en el vacío. Quién sabe en qué pantano de su mundo impenetrable había caído.

Las Ramblas a la medianoche eran un hervidero de turistas y de locos. Uno de éstos en especial le llamó la atención: de entre cincuenta y setenta años, blanco pero con rasgos de negro, casi desnudo y descalzo, con un taparrabos minúsculo y las uñas de los pies barnizadas de rojo, arete en una oreja, pelo teñido y rizado, la cara pintarrajeada de mujer y unos ojos rencorosos, llenos de odio, molestando a los turistas que se habían instalado, como nuestro amigo, mansamente, apaciblemente, a ver pasar, en el Café de la Ópera. Si dos de ellos hablaban en alemán, el endemoniado los remedaba en alemán; si hablaban en danés, en danés; si en sueco, en sueco. Era un prodigio de lengua multípara que paría burlas y maldiciones en todas las lenguas y direcciones. ¡Qué papa ni qué papa echando a diestra y siniestra bendiciones en San Pedro como una manguera loca! ¡Ni qué Espíritu Santo con sus lenguas de fuego! Se acercaba a las mesas y pedía con la mano extendida, de forma perentoria.

—O me dan o ahí les va el aguacero, ya saben, ya vieron.

Le daban para no volverse el objeto de su escarnio y de su furia. Cuando remedó a algunos en español el viejo descubrió, por un desliz en el tonito, que era argentino.

—¡Vaya con la Argentina! —se dijo—. ¡Tan desarrapados los pobres y tan políglotas! Estos argentinos sí están hasta en la sopa.

¿Y los colombianos qué? ¿Él dónde estaba, él qué era?

—Mirás la paja ajena y no la viga que tenés en el ojo...

Es que la viga, según él, no le dejaba ver la paja. Y en efecto, veía mal, borroso. En cambio por compensación había desarrollado en grado sumo el sentido de la injuria. ¿Cómo iba a tratar al endriago cuando se acercara a su mesa a pedirle a él? ¿Qué le iba a dar?

—Un botellazo en la cabeza.

Y le echó un vistazo a la botella de ginebra de la que ya se había bajado media. Un botellazo en la cabeza vale como la imagen del proverbio chino: por mil palabras. Con uno solo bien aplicado hacía escampar el aguacero.

Pidiendo y recibiendo el engendro argentino se fue acercando de mesa en mesa hasta llegar a él: se miraron entonces a los ojos y se vieron en su espejo. Seguidamente, en silencio, con desprecio, los espejos se sonrieron y la criatura se esfumó.

Vaciada por el garguero la botella hasta la última gota, el viejo dejó su café de las Ramblas y trastabillando, dando traspiés, se internó por las callejuelas del barrio Gótico rumbo a su hotel. Iba diciéndose lo de siempre, tocando su viejo disco rayado. Que lo uno, que lo otro, que lo otro. Que los pobres reproduciéndose como conejos, los políticos robando como enajenados y el papa mintiendo como político. El camino más trillado dándoselas de original, la rapacidad travestida de desprendimiento. Y la impunidad, la coima, la desvergüenza... La desviación de todos los principios y el abandono de todos los valores.

—Hay muchos que creen por ejemplo que el culo, lo más innoble que tiene el hombre, es sagrado. ¡Guardad entonces vuestros culos, hideputas, para los gusanos de la tumba!

Con cinco días en la península y ya hablaba de «vosotros» y decía «hideputas» como Cervantes.

Esa noche se perdió en el barrio Gótico y no dio con su hotel. Lo sorprendió a la intemperie el alba, otra vez en las Ramblas, viendo el despuntar del día. Sintió la frescura del rocío y cierto cambio en el aire: había menguado en su locura la Rambla de los locos. Se veía venir un día más apacible.

—¡Qué bueno, gracias a Dios!

¿Apacible? El verano se dio a arder rabioso y el cuerpo inerte de la paloma seguía ahí, en la ancha acera donde ayer estaba, sin recoger. La incuria catastrófica del Ser Supremo compitiendo con la desidia de la municipalidad de Barcelona...

Continuando rumbo a la feria presenció uno de esos espectáculos que lo sacaban de quicio en Colombia y México: un niñito malcriado haciéndole un berrinche a la mamá. ¿También ahí, donde dizque acaba el África y empieza Europa? Pensaba el viejo que los berrinches infantiles eran cosa del Tercer Mundo, así como los ángeles no tienen urgencias fisiológicas. Detuvo un instante su camino y observó con curiosidad de entomólogo a la pareja: madre e hijo: él la prolongación de ella, ella la prolongación en él. La rabia del hideputica agarraba vuelo y el pataleo alentaba su iracundia. ¡Cuánto se le antojaba arrancárselos a sus malditas madres para romperles contra la dura piedra sus duras testas! Que san Herodes que estaba en los cielos rogara por él.

—¡Uy maestro, hoy sí se ve usted muy demacrado! ¿Tampoco anoche durmió?

—¡Quién va a dormir en una ciudad insomne, señorita, día y noche de parranda! La felicidad ajena no deja dormir. ¿Cómo va la venta?

—Muy bien. Ya llevamos veinte libros vendidos.

—¿Veinte apenas? Entonces los españoles no sólo no leen sino que no compran.

—No, sí compran. Es que todavía no son las diez.

Luego fueron llegando los maestros colombianos, pálidos, ojerosos, con caras de lápidas de cementerio. Por lo abstemios no es que se distinguieran esos santos varones: eran gaznates sin fondo. Los de Colombia y los de la diáspora. Todos.

—Yo digo que eso está bien, el hígado es como la vida, para gastarse. ¡O qué! ¿Se lo vamos a dejar enterito y funcionando a los gusanos? Que coman mierda.

Se caracterizaba el viejo por sus tesis drásticas: o blanco o negro, o todo o nada. Ni una atenuación, ni un matiz, ni una delicadeza. De joven prudente y tímido, se había vuelto un desmandado. Un día de éstos, con todo y su pinta de káiser alemán, le iban a romper la calamorra de un martillazo o un hachazo o un porrazo.

—¡Qué va! Creo más en los rayos de Dios que en la determinación de esta chusma infecta.

Bueno. La situación de Colombia era así: la industria arruinada, el campo arruinado, la banca arruinada, la clase política desprestigiada, la Iglesia desprestigiada, las Fuerzas Armadas desprestigiadas. La construcción y el comercio, como la justicia: paralizados. Y la venalidad, la violencia, la frustración por dondequiera, el desencanto. Tal el diagnóstico de los maestros. ¿Y el viejo? ¿Qué decía a todo esto el viejo? Que no, que Colombia era el país más feliz. Y que mientras más feliz era más Colombia era. Que ésa era su esencia. Que para la felicidad no había otra como esa tierra bendita en este maldito planeta.

—¿Y usted, maestro, es feliz? —le preguntó la empleada, metiendo su cucharada en el concilio de los eximios.

—Señorita: si por los libros míos que usted me vende se midiera mi felicidad, sería el más infeliz del mundo. Yo la mido, sin embargo, por las copas. Así que: en vez de andar perdiendo el tiempo vendiendo libros, instalen en este pabellón una venta de aguardiente y verán. En Colombia eso no falla, ¿por qué ha de fallar aquí? Si en todas partes semos la misma especie bípeda...

¡Y dele con el «semos» y con el bipedalismo prodigioso en que culminó la evolución!

—Al haberse enderezado el pitecántropo no bien bajó del árbol, le quedaron libres los dos remos delanteros para robar.

Debo aclarar llegado aquí que la tan mencionada señorita del pabellón de Colombia en realidad eran tres y no una. Lo que pasaba era que el viejo no distinguía entre señoritas. Ni entre policías, ni judíos, ni negros, ni blancos, ni cobrizos, ni amarillos... Era un racista ecuménico, todos se le hacían igual. Se preciaba en cambio de distinguir una hormiga de otra. Su largo trato con los animales le había producido una creciente animadversión por sus congéneres.

A las tres señoritas indistinguibles se las encontró esa tarde en el colmo de la indignación y la alharaca: que les habían robado la venta de la mañana, doscientos dólares.

—¡Jua! —exclamó el viejo—. ¿Ladrones los colombianos? Si por allá llueve por acá no escampa.

—No, maestro, fue un matrimonio de colombianos. Mientras él nos entretenía preguntándonos por unos libros, ella nos sacaba la plata de la cartera, que estaba ahí.

Y señaló el puesto de café.

—¡Ay niñas, pero a quién se le ocurre confiar en los paisanos! Colombia será un país muy feliz, pero pícaro... Al ladrón de Bagdad le robamos los calzoncillos sin quitarle los calzones.

Que menos mal que no habían vendido mucho esa mañana porque así se perdió poquito esa tarde. Que no había mal que por bien no viniera. Que se sentía muy feliz ese día aunque le seguían ardiendo los ojos. Que el aire de Barcelona era un desastre. Y el agua. Agua de mar procesada que no se podía tomar y sólo servía para los inodoros. Que qué diferencia con la de Bogotá, tan pura, tan fresca, tan limpiecita... Cuando dejó el pabellón colombiano le volvió la tristeza. Así era. Pasaba del súmmum al mínimum, de la cima a la sima. En el carriel añoso de su alma cargaba de todo: anzuelos y plomadas para pescar sabaletas, una aguja de arria para coser costales, un amuleto para contrarrestar culebras, la novena de san Judas Tadeo, una navaja de múltiples hojas, fósforos El Faro, cigarrillos Pielroja, hilo grueso, una vela, terrores innominables y angustias infinitas. Lloraba con boleros que hacía suyos porque fueron los de su tío Ovidio, y el sufrimiento de los animales le partía el corazón. Así, claro, estaba doblemente jodido: por él y por el prójimo. Es condición sine qua non de la felicidad el egoísmo. El hombre feliz no ha de preocuparse por la desdicha ajena porque entonces deja de serlo.

De la lista del carriel me quedaron faltando sus paranoias y animadversiones, que pasaban de mil, y un raro sentido de pérdida de lo no vivido. Que añorara a Antioquia y su niñez, vaya, ¿pero el burdel de Pompeya? ¡Cómo es que no había entrado, aunque fuera a ver! Ese burdel no frecuentado de hacía dos mil años que le cubrió el Vesubio le quitaba el sueño. Y el Versalles de Luis XIV con sus salones de espejos y sus arañas de mil luces bailando rigodón... Al rato cambiaba de parecer y la tachaba de «corte empelucada de roñosos sifilíticos». Que de la que se había escapado. Y del Medellín de sus abuelos infestado de pulgas, chinches, piojos y sin inodoros, o a lo sumo un inodoro a la intemperie, de cajón, alumbrado de noche el penitente por los cocuyos titilantes o los rayos burlones de la luna.

—No. De los tiempos idos líbranos Señor. ¡Y para adelante, viejo, que vamos arriando mulas!

Tomaba entonces con su carriel y su recua por los fragosos caminos de herradura de la vieja Antioquia. Había vuelto a caer en su trampa, la trampa de sí mismo.

—¡Arre, arre, muchachitas, que vamos para Puerto Berrío con esta carga de panela!

Luego con sudor y sangre construimos el Ferrocarril de Antioquia, que nos desembotelló. Luego con un decreto apurado lo borramos del mapa. ¡Cuánto hace que no existe el Ferrocarril de Antioquia! Colombia la leguleya lo anuló, Colombia la destructora lo desmanteló, Colombia la ladrona se lo robó: se robó las locomotoras, los vagones y los rieles para venderlos como chatarra y hoy camina a pata limpia rumbo al abismo. Requiéscat in pace, Ferrocarril de Antioquia. De todas formas no ibas para ninguna parte. A lo más que llegaste fue a Puerto Berrío sobre el Magdalena, un río insalubre de fiebre amarilla y malaria, de mosquitos y zancudos, de culebras y caimanes.

Un «coche» o carro le pasó zumbando. Venía el viejo por en medio del Paralelo haciendo gala de su incorporeidad reciente para los otros fantasmas, que lo miraban con lástima:

—¡Payaso!

La luna loca salió esa noche en su plenitud radiosa a oír la algazara de la placita de Santa María del Mar.

—Hoy tampoco van a dejar dormir —comentó resignada.

Diagnóstico exacto, esa noche tampoco iban a dejar dormir. Desde hacía años ni dormían ni dejaban dormir, instalados como estaban en una sola y continua fiesta celebrando la muerte de Franco. Dicen los que saben porque vienen ahí, a la placita a joder de noche, que los de los pisos altos en un principio les tiraban baldados de agua a los de la calle y las terrazas para bajarles el hervor de la dicha. ¡Lluvia fresca para el verano! No hay mayor acicate para la dicha propia que la desdicha ajena.

—Nosotros no dormimos de dicha, ustedes no duerman de rabia.

Que nos oyeran hablar, que nos oyeran gritar, que nos oyeran cantar, hasta la una, hasta las dos, hasta las tres, hasta las cuatro, hasta las cinco, hasta las seis de la mañana.

—¡Uf, por fin amaneció! A ver si se van.

Ahí seguíamos, los maestros colombianos resolviendo de tapa en tapa, de copa en copa en la terraza de un bar de la placita, los problemas del país.

—¿De cuál país?

—¡De cuál va a ser! De Colombia la magnífica.

¡Uy, Colombia, qué vasto el panorama! Ríos y montañas, ríos y montañas, ríos y montañas... De esos ríos y esas montañas habrá de surgir un día el político genial que lo arregle todo, que lo ordene todo, que se cague en todo.

En el curso de esa noche tumultuosa el viejo pronunció esta frase que alcancé a grabar entre el barullo con mi grabadora: «Lo que sí les puedo asegurar, colegas, es que el infinito mide trescientos sesenta grados, y que adondequiera que vayamos siempre estaremos en el centro».

La tropa de maestros abandonó la placita de Santa María del Mar con las primeras luces, apagadas ya las de la inteligencia. Iba el viejo feliz, dando tumbos, en un estado lamentable. El insomnio nocturno lo estaba resolviendo muy fácil: con no dormir. Le quedaba ahora por conjurar el diurno.

Bueno, bueno, bueno, ¿y cuándo es que iba a hablar? ¿Mañana? ¿O era pasado mañana?

—Mejor pasado mañana —se dijo—, a ver si tengo tiempo de pensar.

¿Que por qué cuando lo invitaron no le avisaron que tenía que hablar? No habría venido. En fin, ya estaba ahí, ¡qué remedio!

—¡Buenas noticias, maestro! Hoy va usted en primer lugar —le informó la señorita triple del stand no bien lo vio llegar esa mañana en el estado que dije.

—¿Con cuántos ejemplares vendidos?

—Veinte.

—¿Veinte mil?

—No. Veinte. Dos y un cero.

—Ah...

Veinte genios. Que también los había en España en medio del erial, «el terregal cerril de cabras locas». Luego pasó a sus «ejercicios espirituales», la meditación matutina sobre el tema que se proponía salesianamente la noche anterior para su superación moral y psíquica, y que en esta ocasión fue la envidia y la felicidad. Esto es, la envidia ajena y la felicidad propia. Lo feliz que había sido con su hermano Darío y el Studebaker, ese carrito aireado, raudo, espacioso, que repletaban de bellezas para indignación de Medellín la envidiosa que lo apodó «la cama ambulante» y se le reventaba de la ira el saco de la hiel de la envidia cuando los veía pasar. Sí, ahí iba la cama ambulante surcando charcos y salpicando de lodo a los que nos gritaban «¡Maricas!». En un país de patarrajados teníamos carro, en un país de pobres éramos ricos, en un país de esclavos éramos libres.

—¿Colombia el país de la felicidad? ¡Jua! Permítanme que me ría. El de la envidia rabiosa.

Volaba alígero el Studebaker cual saeta. En la esquina se les desaparecía de vista a los bellacos la saeta pero de repente ¡pum!, les reaparecía por la otra esquina vuelta carro para volver a pasar por el mismo charco y volverlos a salpicar del mismo fango, el de nuestra dicha.

—¡Y ái nos vemos, hijueputas!

¡Qué nos iban a volver a ver! Donde nos volvieran a ver esos vesánicos nos cosían a puñaladas.

—¿Gastaba mucho el Studebaker?

—¿De gasolina?

—Sí, de gasolina.

—Ni una gota. Se movía con la envidia de Colombia.

—¿En qué está pensando, maestro? —le preguntó una de las señoritas triples viéndolo tan abstraído.

—En Colombia, en Medellín.

—Eh, usté sí no ha perdido nada el acento. ¿Cuánto lleva afuera?

—Una vida, señorita. Otra.

La luna indiscreta se asomó por entre sus velos de nubes a ver qué había de nuevo abajo en la placita de Santa María del Mar esa noche: nada, lo de anoche, nosotros, instalados en la terraza del bar frente a la vieja iglesia oscura y musgosa.

—¿Vosotros otra vez?

—¡Qué remedio, Selene! Es que todavía no nos echan de España.

Prestó oídos la curiosa y se puso a oírnos hablar, encantada con el acento colombiano. Hablar y hablar y hablar, que es lo que no se puede en Colombia porque allá al que habla lo tuestan, aunque el que calla otorga.

—¿Y aparte de hablar, qué más hacéis vosotros?

—¿Acá?

—Ajá.

—Beber whisky, brandy, coñac, anís, jerez, lo que sea.

—¿Y allá?

—Por lo general aguardiente. En nuestro tiempo libre cultivamos el café, la marihuana, la coca, las ilusiones... Un poco de ganadería, otro poco de contrabando, unas cuantas esmeraldas y ya. La tierra allá es fértil pero malsana y el clima infame. Y ni se diga el moral.

—¡Pobres, qué lástima!

Y volvió a su tienda de nubes desentendiéndose de nosotros. Como novedad no dábamos para más.

Que la feria iba siendo un desastre, que dizque porque era la primera a la orilla del mar. Y que dizque porque el público dizque estaba acostumbrado dizque a la del Paseo de Gracia donde dizque en un solo día los libreros vendían más que en los restantes trescientos sesenta y cuatro días del año. Que ese dichoso día todo el mundo compraba libros para regalar.

—¿Y para leer?

—Ah, eso sí no sé, la lectura es cosa íntima, privada.

Vacías de clientes las casetas de la larga calle, se veía a lo sumo un extraviado aquí, otro allá, dos más allá, hojeando libros por no dejar u oyendo a un escritor colombiano disertar sobre su país marciano. ¿A quién le importaba Colombia la desdichada en España la feliz? La feria no agarraba fuerza. Que qué mala suerte la de los colombianos que nos hubiera tocado el cambio.

—¿Y es que era tan difícil sacar a la gente de las Ramblas y hacerlos caminar diez cuadras hasta el Moll de la Fusta?

—Sí pero no. Era como descarrilar un péndulo.

Iban y venían, iban y venían, de la Plaza de Cataluña a la glorieta de Colón, y de la glorieta de Colón a la Plaza de Cataluña. Tal su forma de llenar sus vidas, en un ir viniendo.

Harto de la ciudad de los hombres-péndulo el viejo decidió no caminar más, y ante la perspectiva terrorífica de pasar otra noche sin dormir en su cuarto del hotel, se instaló a tomar rakía en el Café de la Ópera y a esperar a la Innombrable. ¿A esperarla? Como la montaña de Mahoma, ella era la que lo estaba aguardando a él.

—¿Dónde?

—Mmm...

—¿En el hotel?

—Nnn.

—¿En México entonces, al otro lado del charco?

Silencio en medio del ruido. A falta de respuesta clara el viejo se puso a pasarle revista de carrera al largo, prolijo, inacabable mamotreto de su vida, al sumario. ¡Cuánto había vivido, oído, pecado, visto! Con la horqueta entre dos milenios le habían tocado, entre muchos otros prodigios y fenómenos extraordinarios, el radio, la televisión, el jet, el internet, el homosexualismo, los papas besapisos y la desaparición del idioma español, en cuestión de semanas, del milenario verbo «oír» reemplazado por «escuchar». En ese mundo de sordos que habían dejado de oír para tampoco escuchar, bajaban los buitres negros travestidos de blancas palomas por la escalerilla del avión, y antes de saludar a nadie (entendiendo por nadie el comité de recepción encabezado por nuestro Primer Mandatario), se arrodillaban a besar la pista del aeropuerto. Relampagueo de flashes, palpitar de corazones. Por un instante quedaban los pontificios culos al aire, en suspenso, proyectados a la rosa de los vientos.

—¿Y a qué venía el buitre?

—Hombre, el buitre —pastor célibe de una Iglesia horra— venía a predicar en pro de la reproducción, a exhortar al rebaño a poblar el planeta. El rebaño a su vez le llenaba al pastor la Plaza de Bolívar, los valles, las hondonadas, las explanadas, los estadios, los velódromos, los canódromos, los hipódromos de este despoblado planeta, y paría, paría, paría. Mas no ovejas, sino lobos.

—Siga con ésas, amigo, y verá cómo lo queman vivo como a Mossén Urbano en la plaza del Rey. No le toque el culo a la lora ni le pique la cresta al gallo.

En menos de lo que cantó el gallo se bajó el viejo la botella de rakía. No escuchaba, no «oía». Cerril como un español era terco como su abuelo.

En una farmacia, de camino a su hotel, no le quisieron vender unos somníferos porque no traía receta.

—¿Y para qué quiere receta, si yo soy mi mejor médico y yo mismo me receto? ¿Por qué en Colombia no se necesita? A ver, dígame a ver.

—Ah, yo no sé —contestó la maldita.

España se había vuelto Francia. Y él otro. Mirándose esa noche en el espejo de ese baño de ese cuarto de ese hotel se dijo en voz alta su nombre y su apellido y no se reconoció, nadie le respondió. Al día siguiente se tropezó con el dispensario donde le tomaron la presión y le dio cero. Para él, y desde hacía mucho, el sueño sin sueños era lo único tolerable de la existencia.

—El que duerme más vive menos, pero el que se muere descansa.

Lo que sí no quería era soñar para no volver a la pesadilla de sí mismo.

—¿Y hoy qué toma el señor? —le preguntó el camarero del Café de la Ópera en la rozagante mañana, cuando aún no se enverracaba el sol.

—Ajenjo.

—No hay.

—No «no hay»: sigue sin haber.

¿Cómo podía faltar algo tan decisivo en la vida del hombre en el Café de la Ópera, corazón de Barcelona, capital del planeta?

—Traiga entonces brandy, coñac, «de lo qui haiga».

Seguía arremedando a los campesinos de su niñez como si todavía vivieran, por joder, en un idioma más descontinuado que él y que los cigarrillos Victoria, que mataron a su abuelo. De un cáncer del pulmón lo mataron. La noticia le llegó a Roma en una carta, y al ir leyéndola el muchacho se puso a llorar. Su abuelo fue el primer muerto que lloró. Luego siguió llorando por otros, por otros, por otros, envejeciendo de muerto en muerto hasta llegar a él mismo, por quien no alcanzó a llorar por razones obvias. Los muertos enterrarán a sus muertos, pero no los lloran. Se vuelven colegas de eternidad.

Y que nada de rezos por él que se perdían, pues iba a caer en plomada a los infiernos. Ni discursos, ni esquelas, ni flores que lo único que iban a hacer era alborotarle sus incontables alergias. En cuanto a los homenajes, «que se los hicieran a sus madres o se los metieran por el culo». Lo ideal era morirse de regreso a México en el avión de Air France, en átomos volando. Mas el hombre propone y Dios dispone. Y dispuso el Gran Cabrón (también llamado el Todopoderoso) que no bien se durmiera el viejo viniera la Muerte, su lacaya, y en complicidad

con el sueño lo borraran del padrón electoral
a mansalva. ¿Mientras soñaba con qué? Con Santa Anita, la finca amada de su niñez. Soñando
que llamaba a Santa Anita de larga distancia y le
contestaban del hueco, con voz de hueco:

—Aquí fue pero ya no es.

¡Noticias de Colombia en su pabellón
de la Feria! Que en las últimas elecciones para
renovar el Congreso, en vista de la abulia electoral de los vivos habían salido a votar cuatro
millones de muertos.

—¿Cuatro? ¿Tanto así?

La cifra llenó de júbilo al viejo. Defensor del derecho inalienable del ser humano a
no existir y vocero ad honorem de los muertos, empezó a coquetear con la idea de postularse para la presidencia de la república. ¿Y por
qué no? Con las continuas masacres y el consiguiente cambio en la composición del electorado, Colombia ya estaba madurita. En vez de
las demagógicas casitas para los pobres habría
que prometer ahora tumbas para los muertos.
Unas bien espaciosas y aireadas, silenciosas, cómodas y con jacuzzi. Su más ferviente deseo para
el país que lo vio nacer y que lo amó tanto era la
paz de las piedras.

¡Noticias de la feria! Que en vista del fracaso del cambio al Moll de la Fusta, el año entrante iban a volver al Paseo de Gracia y como
antes, sin país invitado. Que lo de Colombia fue
debut y despedida.

Pese a lo cual el viejo todavía tenía que hablar. Para eso lo habían traído, de ésa no se iba a escapar. Que justificara lo que costó el pasaje.

Lo habían traído sí, pero en una compañía de mierda, y en un avión de dos pisos pero de ganado.

—Con cuatrocientos toros y vacas cagando.

Más los terneros. Que san Herodes que estaba en los cielos rogara por él. ¿Por qué no le advirtieron las empleadas malcogidas de Air France que necesitaba visa para pasar de una sala a otra en el Charles de Gaulle? Y rompió a maldecir de ellas y de su compañía y de su aeropuerto, su reino, al que le daba nombre un general, un locutor, largo cuanto cobarde, muy bueno para hablar protegido desde un búnker en Londres, parapetado bajo la tierra y a salvo de la metralla.

—¡Pa'disparar palabras yo!

Que los franceses no servían sino para armar mitos. En cuanto al ser humano en general...

—El hombre no es más que una máquina programada para eyacular, y lo demás son cuentos.

Que eyacularan, pues, si querían, y si querían en el interior de una vagina; pero eso sí, que la dueña de la vagina se lavara, no fuera a ser tan de malas que la preñaran y nueve meses después le saliera, por el mismo hueco ciego por donde entró la babaza blanca, el hijo negro del Chamuco, de Nuestro Señor Satanás que en los infiernos reina, con cola y cuernos y una gran vara.

Y volvió a volar en su avión de ganado con los terneros y los toros y las vacas y los sanitarios atestados rumbo a París, Francia. Los terneros correteaban por los pasillos como endemoniados, y a sus «putas» madres o «putas» vacas les leía en sus «putas» testas las intenciones de parir más. Lo que se necesitaba no era un Herodes. Eran Atila y Gengis Khan. Que volvieran y arrasaran «hasta con el nido de la perra» como decía la abuela. Sí, eso decía pero refiriéndose a ellos, a él y sus cinco hermanos, que después fueron diez, que después fueron veinte. Tenían su padre y su madre en la casa del barrio de Boston una sociedad conyugal legítimamente constituida para fabricar hijos, que alimentaban con salchichas. Cargas y cargas y cargas de salchichas compradas en la salchichonería de unos lituanos prófugos de Stalin, que los quería volver salchichas. Lunes salchichas, martes salchichas, miércoles salchichas... Y así hasta el final de la semana y el final del mes y el del año y el de la vida. Aunque eso sí, variando: unos días fritas, otros hervidas, otros hervidas, otros fritas, otros fritas, otros fritas, fritas, hervidas, hervidas, fritas, y así, alternando y desalternando según el capricho y la variedad del código binario con que estamos programadas las computadoras y que es más simple que el genético que, con sólo cuatro míseras bases, ha producido ¡seis mil millones de diferentes hijueputas! En esa casa de tapia de la calle del Perú, barrio de Boston, ciudad de Medellín, departamento de Antioquia, República de Colombia, con cinco cuartos, una piscina, un loro verde y dos patios, ellos fueron los inventores del código binario. A ellos y a nadie más se les debe este invento prodigioso. No se necesitan cuatro términos para codificar el universo, con dos basta: ser o no ser, uno o cero, salchichas hervidas o fritas.

Apagaron las luces, se aquietaron los terneros y el viejo empezó a oír, por sobre el tumulto interior, una especie de susurro externo:

—¡Shhh! ¡Shhh! ¡Shhh! —le decían—. Dormite ya, ponete en paz, calmate viejo.

¿Quién sería? Suspendió su rosario de atrocidades y salchichas y prestó atención: era el inodoro volador de Air France zumbando sobre su colchón de nubes. Se puso entonces a oírlo y a dejarse arrullar por el zumbido del vuelo, a sentirse un águila que va planeando con las alas desplegadas al vaivén de los vientos. Y cuando por fin se iba a dormir, que encienden las pantallas del avión y arrancan con una película.

—¡Maldita sea!

Odiaba, para empezar, el cine, el fútbol, los toros, las elecciones, la misa, la televisión. Y para continuar puntos suspensivos. Ni a diez mil pies de altura «se libraba el ser humano de la mierda». Lo único que ansiaba ahora era oscuridad y silencio, silencio y oscuridad haciéndose eco, borrón completo. No debió haber venido a España y menos pasando por Francia. Francia lo jodió, Francia lo saló. Maldita Francia y toda la cultura francesa.

—¿También Ravel?

—No, Ravel no.

—¿También Rameau?

—No, Rameau no.

—¿También Oudin?

—No, Oudin no.

—¿También el gran Vatel?

—No, el gran Vatel no.

Y seguía con una lista tan larga de excepciones que hagan de cuenta un francófilo de hueso colorado. El día que el viejo se pusiera de acuerdo consigo mismo sería feliz. O sea nunca. Eso era todo.

—No recordés sino los momentos felices. Los tristes son para olvidarlos.

¡Si pudiera! Sus efectos personales cabían en un maletín de mano, ¡pero la carga de sus muertos que viajaban con él! Muertos y más muertos y más muertos. ¿Cómo era que no se desfondaba el avión de Air France con tanto muerto sumándosele al ganado?

Todos los que amó se habían reducido a sus muertes, eso ya lo dijimos. ¿Ya lo dijimos? Pues volvámoslo a decir. Su hermano Silvio, el tercero o cuarto o quinto de los veinte, hoy para él no era sino la detonación del tiro que se pegó. Y su amada Bruja... Bruja era una perra muy vieja, gran danés, que se seguía muriendo en la sala de su apartamento de México con los intestinos retorcidos y un dolor inmenso, el de ella, el de él. Si algún momento feliz vivió en la vida, ése quedaba anulado por éste. Y ahora iba solo, sin ella a su lado, arrastrando sus pasos por una calle de una ciudad extranjera, ¿que se llamaba cómo?

—¡Barcelona!

Barcelona de los parias, Barcelona de los locos, Barcelona de los muertos. Barcelona suya, de él.

—Y al diablo con esa cretinada de la patria, que uno no es de donde nace sino de donde se muere.

De lo que no se daba cuenta el viejo era de que casi toda la humanidad donde nace se muere. Él pertenecía a las excepciones, y entre las excepciones era a su vez una excepción. Le patinaba el carrete. Que dizque los perros eran más afortunados que los humanos porque como vivían menos cargaban con menos muertos, si es que con alguno. Que qué bueno que la Bruja y la abuela se habían muerto antes que él para que no tuvieran que cargar con él.

—¿Acaso tu abuela era un perro?

—¡Claro que no! Era un ángel. Y la Bruja otro.

Pasaba entonces a sus «ejercicios espirituales» aprendidos con los salesianos, mas ya no para ahuyentar las tentaciones de la carne (peccata minuta), sino las del espíritu, que son las peligrosas pues conducen a: a volarse, por ejemplo, con dos tacos de dinamita la cabeza como Pierrot el loco: uno en la sien izquierda, otro en la derecha.

—¿Y en qué consisten los «ejercicios espirituales»?

—Hombre, en el vaciamiento interior. En dejar el alma cual tabula rasa.

Vaciando el alma de amores, de temores, de rencores, de dolores, se sumía el viejo durante un tiempo indefinido en el vacío mental más absoluto. No sentía nada, no pensaba en nada, no captaba nada. Hagan de cuenta que el pez dejara de moverse en el agua. Aunque no era cuestión de inmovilizar el cuerpo sino eso que llaman el alma: esta divagación necia, incesante, el tumulto, la algarabía, las mil voces de adentro. Si iba, por ejemplo, caminando, seguía caminando, pero con el cerebro petrificado. ¡Ahí va! ¡Ahí va! Cruzándose el Paralelo sin ver, ni oír, ni entender, ni nada.

De súbito se encontró ante el espejo del baño del cuarto de su hotel llorando. ¿Por la sal del aire? No, porque ya se iba a morir, y porque los que saben que ya se van a morir lloran. Y no crean que de tristeza: de dicha: son lágrimas gozosas. Es el mecanismo que ha desarrollado esta especie para decirle adiós a la vida. Cuando estén llorando porque se estén muriendo acuérdense de mí.

Cambiantes como su alma eran las Ramblas, a cada instante distintas, sin vuelta atrás posible a las que fueron.

—Y como Junín —se dijo el viejo.

Esa calle, la de su juventud, lo partía en dos. Él era uno antes de ella y otro muy otro después.

—Dos personas distintas y un solo hijueputa verdadero.

En Colombia, de tantos que había y de devaluarse tanto, «hijueputa» quedó valiendo nada. Ayer insulto, hoy significaba simplemente persona, tipo, un tal, un cual, un fulano, usted, su papá, su tío, yo, el Padre, el Hijo, el Espíritu Santo, alguien y nadie, mucho y poco, todo y nada.

Dividía la vida de los vivos en muertos así: primera etapa, se mueren los abuelos; segunda etapa, se mueren los padres; tercera etapa, se muere el cristiano; cuarta etapa, se mueren los hijos; quinta etapa, se mueren los nietos... En cuanto a él, como no tuvo hijos no podía tener nietos: para que hubiera segundo piso se necesitaba un primero. Con él se interrumpía la cadena infame, cosa que lo llenaba de envanecimiento. Los hijos que no tuvo eran el orgullo de su vida. Con ellos quedaba más que justificado. Había pasado por este mundo haciendo el bien: nada.

—¡Otro arak, camarero!

—Ya no hay, caballero. Se ha tomado usted la última botella que nos quedaba.

—¡Ah caray! Entonces me estoy alcoholizando.

Ahora bien, conociéndolo como lo llegué a conocer, lo que sí les puedo asegurar es que murió, a ver, ¿cómo decirlo? ¿Frustrado? ¿Amargado? ¿Dolido? ¿Defraudado? ¿Fracasado? El alto honor a que aspiraba no se le dio: que el Cardenal Primado de Colombia lo excomulgara. Y airado se lo reprochó en una carta, a la que, con sabiduría apostólica, le contestó el prelado:

—No se puede expulsar al que ya está fuera del rebaño.

Entonces el viejo (que entonces no lo era tanto) pronosticó: «Colombia nunca tendrá un papa ni ganará el mundial de fútbol, pese a lo arrodillada que es y a que tiene el alma en las patas».

Mal que nos pese, se está saliendo con la suya este Nostradamus. Su profecía se va cumpliendo hasta hoy. A ver por cuánto tiempo. Todo depende del rumbo que tomen las cosas.

Era un irreligioso, un anticlerical, un ateo, un incrédulo, un impío, un matacuras, un escupehostias, un irreverente, un indiferente, un impenitente, un reincidente, un laico, un jacobino, un volteriano, un anticatólico, un antiapostólico, un antirromano, un librepensador, un enciclopedista, un relapso, un teófobo, un clerófobo, un blasfemador, un indevoto, un tibio, un descreído, un nefrítico, ¡un nefario! Obsoleto como una llave, lo había dejado el tren. ¡A estas alturas del partido y polemizando con la Iglesia!

—La Iglesia, güevón, no es una colectividad religiosa sino un «ente» económico-político, con bancos, barcos, aviones y todo tipo de intereses terrenales. Lo único que le falta hoy al Vaticano es montar una cadena de burdeles con monaguillos.

¡Que él era cliente, que él se apuntaba! Que con qué tarjeta pagaba. ¿Que si con Master Card?

Amaneció tomando en las Ramblas, meditando en la evolución que condujo al simio bípedo. Como era verano, muchos de los que por ahí desfilaban iban calzados con sandalias.

—Los pies de estos bípedos son las aletas del pez —dijo el viejo—. Ahí van caminando los tiburones fuera del agua. De todos ellos Dios libre y guarde.

En el vasto mundo de su mente que nadie podía penetrar, las Ramblas de los locos y de las estatuas se le habían trocado en el río de los peces.

De vuelta a los tetrápodos y caminando en cuatro patas, los humanos deberían regresar al agua. Nada tenía contra los judíos ni contra los chinos ni contra los negros por ser judíos o chinos o negros sino humanos. Si hubieran sido cuadrúpedos habría sido otro cantar. En cuanto a los musulmanes, que se comen a los corderos y ponen a pelear a los perros... ¿Por qué más bien no ponían a pelear a sus putas madres y se las comían con todo y sesos? Mahoma era la plaga máxima de la humanidad; y la humanidad la plaga máxima de la tierra. En lo más hondo de lo más hondo de su alma oscura adonde nadie podía entrar maldecía del Profeta y su ascendencia y descendencia y colaterales: del abuelo Al-Muttalib, del tío Abu Talib, del primo Alí, de su mujer Jadisha, de su hija Fátima. Y de todos los ayatolas, imanes, ulemas, emires, visires, califas y sultanes del Islam. Y de todos sus adeptos y sus putas madres, bombas demográficas que paren bombas humanas que explotan. La única forma de apagarle al viejo el odio que mantenía encendido contra esos vesánicos era que lo mataran. No pudieron. Ya murió. Se les fue antes de que alcanzaran. Y que yo sepa no hay forma de matar a los muertos y aplicarles la sharia.

—¿Y si lo desenterramos para profanar el cadáver?

—¡Cuál cadáver, si lo cremamos!

En la Agencia Gayosso de México lo cremamos cumpliendo su última voluntad: «Nada para los gusanos, todo para las llamas». Luego repatriamos las cenizas a Colombia en una caja de zapatos. Y hoy quién sabe dónde yacen. En un jardín... En un alcor... En un collado...

—Y dejando el tema islámico, ¿de Cristo qué opinaba?

—Nunca osé preguntárselo.

Al caer el sol pasó por el pabellón de Colombia a informarse por las ventas, a ver cómo habían estado.

—Muy bien, maestro. Treinta y cinco ejemplares suyos vendidos. Sigue a la cabeza de los escritores colombianos.

—¡Valiente gracia, niña! —replicó—. Eso es como ganar una carrera de minusválidos.

Minusválidos o no, para beber esos maestros eran unas cubas desfondadas. Su capacidad alcohólica se medía en decalitros. El destino de las letras colombianas estaba pues como quien dice en las manos temblorosas de Baco. Colega tuvo nuestro autor en Medellín que se tomaba del ron local, el Medellín Añejo (que venden en botellitas de a medio litro o «medias» para aligerar la conciencia), al rayar el sol una media, al mediar el día otra media, y al caer la noche dos medias. Escribía una línea y se tomaba un trago; otra, y otro. Una endecha en sus horas de poeta le valía media media. Este modus operandi lo llevó muy lejos, al Cementerio de San Pedro. Pobre Manuel, al final estaba medio paralizado: medio paralizado de la mitad izquierda y medio paralizado de la mitad derecha: semitetrapléjico. Fue un hombre feliz. Nos dejó una obra maestra, su epitafio: «No me den más trago que estoy muerto». El viejo lo recordó con cariño y derramó una lágrima por él. Cayó la lágrima en su copita de jerez, y para poder seguir llorando a gusto se tomó la copita de jerez con todo y lágrima. El alcohol es leña para la chimenea del alma.

—¡Cuál leña! ¡Cuál chimenea! Metáforas güevonas —protestó el viejo—. El alcohol es el alcohol, la leña es la leña y una chimenea es una chimenea.

—¿Y el alma?

—El alma es un epifenómeno de las piedras convertidas en gusanos convertidos en humanos.

Por ésas le daba cuando el alcohol le encendía la chimenea, por soltar humo filosófico.

¡Noticias de Colombia en la feria! Que antier mataron al arzobispo de Cali unos sicarios. Y que ayer el país amaneció tan indignado por el vil asesinato que casi tienen que suspender un partido importantísimo de fútbol.

Poca más atención les prestó el viejo a las noticias, preocupado como andaba por lo propio: por la «intraducibilidad» al alemán de sus libros dada la escasez de insultos en esa pobre lengua pendeja.

La Bruja era negra, alta, esbelta. Con una mancha blanca en el pecho en forma de mariposa que el viejo llamaba el «sigillum diaboli», si bien ella era un ángel y él todavía no era un viejo. Se la regalaron de un mes, pequeñita, del tamaño que después habría de tener la cabeza. Nadie ha querido a nadie tanto en este mundo como la quiso él. La vio crecer, la vio vivir, la vio morir. Cuando ella murió él envejeció de golpe. Jamás pudo recuperarse de su muerte. Vivió en adelante para olvidarla, sin lograrlo. Cosa que no entenderán ni aceptarán jamás los musulmanes, convencidos como están estos posesos de que la materia entera del planeta está destinada únicamente a producir más de ellos, más de esa «secta ponzoñosa», de esa «chusma perniciosa», de esa «horda proliferante» (palabras suyas, no mías), a los que habría que exterminar en una guerra santa con bombas atómicas que no dejaran de su religión maldita ni los huevos de las cucarachas.

La abuela era dulce, de ojos verdes desvaídos, pelo entrecano y largo que se anudaba atrás en un moño, hermosa. Madrugaba a las cinco de la mañana a darles de comer a sus animales, a cocinar para el familión, a secar y a limpiar café granito por granito. A trabajar, como quien dice, de sol a sol hasta que san Juan agachaba el dedo. Entonces se recogía en su cuarto a rezar con el abuelo el rosario: un rosario, dos rosarios, tres rosarios (de jóvenes fabricaban hijos, de viejos rezaban rosarios). Siempre tuvo perros y los quiso, con amor y misericordia. Y un pobrerío inmenso que venía a su finca Santa Anita a pedir, a que les diera, que es en lo que trabajan los pobres («Deme, deme, deme, misiá Raquelita, y si es en metálico mejor, pa' comprarme un radiecito»). De sus cuentos de brujas que le oyó de niño el viejo sacó la idea de llamar a su perra Bruja. Sin embargo la abuela y la Bruja no se conocieron. Ni siquiera coincidieron en la vida, en este siempre renovado y empeorado valle de lágrimas. Juntas sólo vivieron en el corazón del viejo, indisolublemente unidas por el amor que les tuvo. Si es verdad como sostenía Pacho Echeverri (un conocido mío loco y borracho que ya murió), que uno sigue vivo después de muerto mientras quede en la memoria de alguien, entonces con el viejo se estaban muriendo tres de muerte definitiva: la abuela, la Bruja y él. No iba a quedar ni el viento para recordarlos. Barriendo de polvo y paja la larga calle de las casetas sopló un ventarrón de otoño que refrescó el verano. ¡Qué feria más triste la de Barcelona! No era que dijéramos la de las ilusiones. ¡Pobre Colombia, estaba salada! Le iba mal acá, mal allá, mal en todo. Adondequiera que fuera la perseguía la mala suerte, la salazón. Menos mal que contaba, por compensación, con los colombianos...

Y en tanto el viejo se moría, la Iglesia vil, mentirosa, asesina, impune, le seguía echando leña seca a la hoguera de la Plaza del Rey en que ardía Mossén Urbano por predicar sus encendidas verdades. La verdad de fulano vale tanto como la de zutano, la tuya como la mía o la de cualquier otro. Y no hay que quemar vivo a nadie. A los muertos sí porque ya no caben en este estrecho planeta los cadáveres.

Y se me preguntará, ¿queda algo de nuestro autor para recordar, algo que no se haya llevado el viento? ¡Claro! Su apasionada defensa de la mujer. De estos pobres animalitos que esta civilización infame ha degradado convirtiéndolas en unas gallinas ponedoras, unas vacas paridoras, unas máquinas despiadadas de fabricar hijos. ¡Y no! También ellas son seres humanos que hay que respetar y proteger. Soñaba el viejo con fundar una «Sociedad para la Defensa de la Mujer», la SOPADEMU, entre cuyos objetivos estaba impedir que, abusando de su generosidad y desinterés, se sacrificara a estas desventuradas asignándolas a los pesados cargos públicos de la presidencia, los ministerios, las gubernaturas, las alcaldías, las embajadas... ¡Qué indignación! ¡Qué infamia! La mujer no tenía por qué trabajar, como no fuera en la cocina. Que en vez de andar pensando todo el tiempo en la cópula agarraran sazón...

En un salón alegre, aireado, de un palacio del Ayuntamiento de Barcelona, dio la ciudad en horas de la mañana un coctel para agasajar a los escritores colombianos y a su Ministro de Cultura, quien también había venido de Colombia a la feria acompañándolos, aunque a prudente distancia, huyendo de ellos como huyen las ovejas del lobo o los embajadores colombianos de sus paisanos en el extranjero: despavoridos. Con los ojos abotagados por el alcohol de la noche anterior que aún no acababan de asimilar sus cansados hígados —unos muy retardados, otros menos pero ninguno a tiempo— fueron llegando los etílicos maestros. Camareros iban y venían con las bandejas de las copas, sin que ninguno de los agasajados se hiciera de rogar. Whisky, vodka, ginebra, jerez, dry martini...

—Un dry martini pero sin aceituna —pidió el viejo.

—Todos tienen aceitunas —contestó el camarero.

—Español tenía que ser, llevando siempre la contraria —refunfuñó el viejo, que se negaba a distinguir entre un español y un catalán, como si olivas y aceitunas todas fueran unas.

Tomó de la bandeja el dry martini, le sacó la aceituna, la tiró en un cenicero y pasó a pensar en la futilidad de la vida y en el cagatintas comemierda de Octavio Paz, ese hombrecito envidioso, rencoroso, malo, que hablaba con voz de vieja y que al final se le ancharon las caderas y le salieron tetas de vieja.

—Una decidida voz poética con acentos ginecoides en el desierto mexicano de las letras —concluyó el viejo, tras de lo cual preguntó qué día era.

—Miércoles —le contestaron.

—Lunes gozosos, martes dolorosos, miércoles gloriosos —comentó.

Y helo ahí muy a gusto entre sus colegas paisanos, esos favoritos de las Musas e incondicionales de Baco con quienes tanto tenía en común, empezando por la patria amada que los vio nacer y que, con aguardiente e ilusiones, les encendió el alma. El aguardiente se lo tomaron, las ilusiones se evaporaron y la vida se fue pasando, pasando, pasando, acabando, acabando, acabando.

—Colombia es un país de soñadores —diagnosticó el viejo—. Allá todos quieren ser presidentes.

Y de hecho lo son. Juran ante Dios, se chantan la banda presidencial, pronuncian el discurso de posesión y, sentados ya sus viles culos en el solio de Bolívar, se entregan a hacer el bien, a arreglar el país y a oír el aplauso masturbador de la multitud por haberles dado, con la plata de los ricos, casita a los pobres. ¡Soñar no cuesta nada, hijueputas! ¡Pero que los elijan sus putas madres!

Se podría afirmar que en ese instante, con el corazón en Colombia aunque disfrutándola de lejitos, el viejo era feliz. ¡Feliz a un paso de la muerte! ¡Qué ser más afortunado!

Luego vinieron los discursos, que nunca faltan. Hablaron los españoles, habló el ministro colombiano. Ni unos ni otro se refirieron jamás a España. Que Cataluña por aquí, que Cataluña por allá, que Cataluña por arriba, que Cataluña por abajo, que Cataluña por el centro. ¿Y eso? Si los catalanes tenían una pelea casada con el resto de España, allá ellos. ¿Pero por qué el ministro colombiano entraba en su juego? ¿Acaso tenía que estar enterado este sabelotodo de las rencillas internas, de la ropa sucia que se lava en casa? Y si estaba tan catalanizante el ilustrado, ¿por qué no hablaba entonces en catalán? ¿Hablando en español pero haciendo a un lado a España? Todo lo anterior lo iba comentando en voz baja el viejo con sus paisanos, mientras los funcionarios peroraban y ellos tomaban. Y entre comentario y comentario dijo, palabras textuales que se me quedaron grabadas:

—Los burócratas colombianos son unos lambeculos irredentos. Suben por la jerarquía burocrática como cucarachas por una pared cagada.

Y volviendo a Octavio Paz, que era una pena que Dios no existiera para que existiera infierno donde se estuviera quemando ese asqueroso.

Luego se sumió en uno de sus ensimismamientos fúnebres. Ante la inminencia de su muerte, qué le podía importar a él el juego de los vivos de andar separando para después unir, para después volver a separar, para después volver a unir... ¡Al diablo con el regionalismo español y con todos los regionalismos y nacionalismos, con la República Catalana, la Unión Europea y toda la humanidad!

Salieron los báquicos maestros del coctel a la candente luz del sol muy achispados, pero todos por sus propios medios caminando, ninguno con la ayuda de nadie ni apoyándose en la pared, aunque alguno sí en su bastón. En la noche se los volvió a encontrar el viejo en un bar del barrio chino, uno de los veintiocho mil con que cuenta la ciudad, según le explicaron. Que Barcelona tenía más donde beber que hormigas un hormiguero.

—Y miren, caminando uno vivo a las dos de la madrugada por una calle. ¿No se les hace maravilloso?

Pues sí. Eso en Colombia ni soñarlo. Allá los únicos que se pueden desplazar tranquilos son los muertos porque tienen seguro de cobertura amplia: contra el atraco, contra el secuestro, contra el asesinato, contra la extorsión. ¡Qué éxito de feria! ¡España es una maravilla! Y también la República Catalana, así no se pueda ver con Madrid. Ojalá que el año entrante repitieran la invitación...

La gran ventaja del insomnio es que uno no sueña. Y lo digo porque desde hacía mucho (desde que el tiempo echó a correr y él empezó a contar los años como meses y después como semanas) el viejo no soñaba sino con destrucción y muerte. Un conocido argentino le aseguraba que soñar con sus muertos queridos lo hacía feliz.

—¡Sandeces! ¿Cómo va ser feliz uno que vive en un cuartucho de azotea y de cardiólogo en cardiólogo porque tiene una extrasístole? Al pobre lo operaron de la próstata, se quedó sin trabajo, el banco le robó sus depósitos, y además de que ya no se le para se le cayó un párpado. A eso de sus sueños felices con sus muertos yo no lo llamo optimismo sino pendejez.

En fin, que nadie tenía control sobre sus sueños, y que ya iban varias veces que él soñaba que llamaba a Santa Anita a preguntar por la abuela y que jamás la encontraba.

—Misiá Raquelita no está. Salió —le informaban del otro lado con una voz hueca que no se sabía si era de hombre o mujer.

—¡Pero cómo va a haber salido, si ella nunca sale! —protestaba—. Desde hace años no va ni a misa.

—Pues sí. Salió.

—¿Y adónde fue? ¿Donde el médico?

—¡Jua, jua, jua, jua! —era lo que le contestaban y colgaban.

Se despertaba entonces bañado en sudor y con una angustia infinita. Así que el hecho de haber perdido el sueño se podía considerar como una bendición. «No hay mal que por bien no venga», decía la abuela, quien, en efecto, en sus últimos años no salía de su casa, la casona de Santa Anita. ¡Qué hermosa que era! Amplia, alegre, aireada. Con enredaderas de curazaos en los patios y con dos corredores: uno delantero desde el que se divisaban Itagüí, Caldas, La Estrella y Medellín en su valle; y otro trasero que daba a la montaña, por la que uno podía ir subiendo poco a poco con la mirada hasta llegar al cielo.

—Un día de éstos, con semejantes lluvias, se les va a venir esa montaña encima y se les va a llevar la casa —les había advertido papi, el yerno.

Pero no, el que se les llevó la casa fue el alud del tiempo, que ya antes se los había llevado a todos ellos. Después los que compraron a Santa Anita la demolieron para construir sobre el terreno una urbanización. Y un día, ¡pum!, que se vienen las lluvias y que se llevan la puta urbanización.

—¡Qué bueno! —comentó el viejo cuando se enteró del asunto en México.

—Pero hubo como ciento cincuenta muertos.

—¡Mejor! Ojalá hubiera habido mil quinientos. Con semejante paridera ciento cincuenta muertos no le quitan al planeta ni un pelito a Sansón.

¡Qué hijueputa que era el viejo! ¡Qué bueno que se murió! Menos carga para este minúsculo satélite del sol en que ya no cabemos. Y sigamos con la feria y sus discursos.

—No eran discursos: eran conferencias.

Lo que fuera. Bastante bobitas, malitas. Ni uno solo de esos cabrones que invitaron a Barcelona se tomó el trabajo de pensarlas o escribirlas. Improvisaciones vacuas, tontas. Con eso salieron esos borrachos.

—¿Y el viejo?

El viejo estaba ya a un paso de su intervención, y como si tal, como ellos: nada pensado, nada escrito. Seguía sin dormir y bebiendo.

—Mañana le toca a usted, maestro.

—¿Me toca qué?

—Hablar.

—¡Pero de qué, señorita!

—De lo que sea.

De lo que sea, de lo que fuera... Mejor se hubiera quedado en México. ¡Quién lo mandó salir!

Sería que desde su apartamento de México no se veían sino edificios y edificios y edificios, y lo que se llamaba antaño cielo se le había vuelto una nube de smog.

—La palabra «cielo» va a desaparecer del idioma por falta de materia agente —pontificó el viejo—. Otra que está en proceso de extinción.

Por lo pronto, la muerte del verbo «oír» se le venía a sumar a todos sus males.

—¡Y qué te importa que se haya muerto si ya ni oís, si también estás perdiendo la audición! —le argüía yo.

Y la estaba perdiendo, en efecto, y por partida doble: fisiológica y socialmente. Lo que le decían se le quedaba en camino sin llegar a su destino, bien fuera en el laberinto dañado de su oído interno, o bien en el laberinto intrincado de su espíritu. Sólo oía cuando se trataba de enfermos, moribundos o muertos.

—¿Y qué tiene el pobre? —preguntaba con interés.

—Cáncer.

—¿Y de qué?

—Parece que del páncreas o del hígado.

—Si es del hígado le doy tres meses. Si es del páncreas, uno. ¿Está el señor muy amarillo?

—Sí.

—Entonces bien pueden ir llamando a Gayosso.

Gayosso se le había vuelto una obsesión: es una agencia funeraria, la más boyante de México, que tiene cien millones que se van a morir, hoy o mañana, quieran o no, todos sin que se escape ni uno. El negocito de oro que no tiene pierde.

¡Y el júbilo que le daban las esquelas de defunción! Cuando se murió el millonario mexicano Azcárraga se puso a contar las de Excélsior (un pasquín matutino ya también fenecido): ciento cincuenta, a lo que comentó:

—¡Qué hijueputas tan lambiscones! Lamiéndoles el culo a los muertos como si siguieran vivos. «Vaca vieja no olvida el portillo» decía la abuela.

«Lambiscones», que es mexicanismo, significa «lambones», que es colombianismo: aduladores, rastreros, de esos que sobran en el gran velorio de esta vida.

—¿Y qué tenía en contra del millonario fallecido? ¿Envidia, o qué?

No, no lo odiaba por millonario. Lo odiaba por simio bípedo. Por contaminar con su excremento los mares.

—¡Ciento cincuenta esquelas! ¡A ver si se libra con ellas de la voracidad de los gusanos y de la certeza de Satanás el Diablo! Porque ése al cielo no se va. «Es más fácil que pase un camello por el ojo de una aguja que un rico al cielo», ¿o cómo es que dice esa güevonada del Evangelio?

Le hice ver que al no ser él rico no debería hablar contra ellos, no fuera a pensar el vulgo que era envidia.

¡Y que se suelta entonces a despotricar contra los pobres! Los detestaba.

—Y punto, que yo jamás me repito.

Es lo que creía. Pero era un disco rayado, tocando siempre la misma, la misma, la misma canción.

En los sueños está la verdad profunda de uno oculta en nimiedades cotidianas o en marihuanadas locas. Y si algo no quería el viejo era verse en el espejo. ¡Qué bueno que ya no soñaba porque ya no dormía! Al llegar a Barcelona le había llovido del cielo esa bendición: el insomnio. Que de día se aguantaba fácil y de noche igual: lo distraían los ruidos, el flujo de las imágenes y los recuerdos, el incesante ir y venir de las Ramblas... Y esos paisanos tan alegres, tan optimistas, tan bebedores, regando siempre de vino generoso el florido jardín de la ilusión. No hay colombiano que no las tenga. Todos quieren ser presidente. Pero presidente no hay sino uno, y «todos» suman cuarenta millones. Un país que despierta en sus habitantes un sueño así —tan unánime, tan positivo, tan generoso— por fuerza tiene que ser dichoso. Hicieron una encuesta en ciento ochenta países para ver cuál era el más feliz. ¿Y cuál creen que resultó? ¡Colombia!

—¿Con veintisiete mil asesinados al año y el más feliz?

—Ajá... Es que se están matando porque están muy vivos. ¿Cuándo ha visto usted a dos muertos matándose a machete?

Gayosso es la gran funeraria de México. La funeraria de las funerarias, el velatorio de los velatorios, el enterradero de los enterraderos. Y México en ese terreno está como en tequila. ¡Gayosso es lo máximo, el primero! Se quisieran los Estados Unidos una de ésas. Gayosso es la sin par. La constituyen una central y una sucursal, pero como las dos son igual de importantes, digamos que son dos centrales o dos sucursales: Gayosso Súllivan y Gayosso Félix Cuevas. Con setenta capillas en total «no se dan abasto», como diría la abuela: los muertos hacen cola en la calle para poder entrar: muertos y muertos y muertos en una cola larga, larga, larga. Una empleada con un megáfono va anunciando:

—La señora Concepción Vértigo viuda de Estrada puede pasar.

Y ái va la viuda muerta con los pies por delante empujada por los hijos y los nietos y bisnietos y tataranietos.

Gayosso es de unos españoles. ¿Que los judíos y los libaneses son los más listos? ¡Qué va! ¡Los españoles! Gayosso es un negocio redondo, una mina de oro, una joyita en el arte de enterrar. Y la competencia lo sabe. Enterrador ha habido (o sepulturero), y también de primera, que se ha hecho enterrar por ellos. Como si al dueño del tequila Cuervo, por ejemplo, le diera por tomar Herradura.

—¿Y por qué no montan entonces los de Gayosso más sucursales, si son tan listos y tienen tanto éxito?

—Por eso. En el apilamiento está el éxito. Amplíe usted un restaurancito que se mantiene lleno y verá: no le vuelve nadie, se va de culos. La humanidad es rara y novelera. Quiere computadoras rápidas, carros rápidos, trenes rápidos, aviones rápidos, ¿y para qué? Toca el claxon y acelera para llegar a tiempo a hacer cola. Se apura para esperar.

Están decoradas las capillas de Gayosso con grabados viejos coloreados, de puertos, barcos y naufragios. Muy alegres y tranquilizantes, con un mensaje subliminal: el viajero toma el barco en un puerto para llegar a otro puerto y naufraga. Limpísimas las capillas, relucientes, asépticas (y la asepsia es condición sine qua non de una funeraria porque ¡qué tal si se le contagia la vida al muerto!), con antesala para los invitados, trastienda para la viuda y los dolientes más afectados y baño para el que quiera pasar. O sea,

quiero decir, inodoro, porque baño lo que es baño para qué en una funeraria si ahí al único que
bañan es al muerto. Lo dejan limpiecito, lo un-
gen como en la Biblia y le aplican en una vena
una inyección de Euthanal, no se vaya luego
a despertar vivo en la tumba, que era la pesadilla
de Poe. Y la del viejo, quien de no ser por eso, de
la Muerte se reía. Les recomiendo a Gayosso. Yo
me he puesto en manos de ellos, ya empecé a
pagar en cuotas por adelantado mi entierro, con
buen descuento. Cuando me llamaron a ofrecer-
me sus servicios me tomaron por sorpresa.

    —¡Ay señorita! —protesté—. Pero si só-
lo tengo cuarenta y cinco años... ¡Cómo me llaman para eso!

    —¡Y qué! —contestó la maldita—. Yo
aún no he cumplido los treinta y ya tengo mi
tumba individual asegurada. La muerte no respeta edades.

    —Pero yo no necesito tumba. Lo que
quiero es que me cremen. Me da miedo que me
entierren vivo.

    —No tenga pendiente que no va a ser.
Somos una empresa responsable. «Condere mor-
tuos labor nostrum», que quiere decir...

    —No me diga, señorita —le interrum-
pí—, que yo sé latín: «Enterrar a los muertos is
our business».

    —Ah, qué bueno que sabe porque así
me va a entender muy bien el lema de nuestra
empresa: «Hic sepultum directus cœlum».

—¿«El que enterramos nosotros se va derecho al cielo»?

—Ajá... De su casa a Gayosso, de Gayosso al crematorio y del crematorio al cielo. Le voy a mandar por e-mail nuestro catálogo de ataúdes para que escoja.

—¿Y para qué quiero ataúd si me van a cremar? ¿Me piensan quemar con él? ¡O qué!

—No. Se deja para los pobres. Es exigencia del gobierno.

—Que coman mierda los pobres. Y no me vaya a salir ahora con que también me va a cobrar IVA...

—Desgraciadamente sí.

—PRI hijueputa —me dije para mis adentros.

El PRI es el Partido Revolucionario Institucional, la banda cínica que ha saqueado a México durante setenta años. ¿Cómo puede ser «institucional» un partido «revolucionario»? A ver, dígame usted... La revolución es como el matrimonio, que se agota con la consumación de los hechos.

—Bueno, ¿y cómo llegó a saber todo lo que cuenta que pensaba el viejo? ¿Acaso también usted penetra las cabezas ajenas con el lector de pensamientos?

—¡Qué va, hombre, es más simple que eso! Es que yo compartía infinidad de cosas con él, como por ejemplo: el cariño a este idioma deshecho, el amor a esa patria deshecha, una que otra manía explicable y tolerable, y un vicie-cito que da varios años de cárcel y del que des-pués le cuento.

No compartía, en cambio, su animad-versión por Wojtyla, al que tildaba de «pontí-fice de la Sacra Roña», «capo perverso», «tipo siniestro», «tartufo vil». Para mí era un simple viejo achacoso, con una temblequeadera en la voz y en las manos que daba lástima, y un exhi-bicionismo que daba vergüenza ajena. ¿Cómo un vejete tan amolado le sacaba tanto placer a que lo vieran? «Vanitas vanitatis», las ganas de figurar, el síndrome de la «vitrina» como se di-ce en Colombia («aparador» en México). El pro-tagonismo, vaya. Pero ¡quamdudum mortuus est! ¡Cuánto hace que hincó el pico! ¡Y qué gran entierro le hicieron! En mi vida he visto cadáver más protagónico. A mí que no me pon-gan en capilla ardiente para darle show a la ca-nalla; que me cremen de una vez. La pira hin-dú es lo ideal, pero no se usa en México.

Su otro gran invento fue el borrador de recuerdos: recuerdo que pasaba al papel, recuer-do que se le borraba de la cabeza. Había vivido mucho, visto mucho, oído mucho, tenía dema-siada información almacenada en la memoria: libros, museos, películas, ríos, puertos, ciudades, y muertos y más muertos y más muertos. Había que abrir campo en la computadora, aligerarle el disco duro. ¿Que el cerebro tiene una capa-cidad ilimitada de almacenamiento? ¡Sandeces!

El cerebro de un viejo es un desván atestado: si el viejo quiere meter más basura, primero tiene que sacar basura. Y así procedía nuestro autor: sacaba un muerto para poder meter otro muerto. Con el mármol de una lápida hacía otra lápida. En el Paseo de Gracia está el consulado francés: allá fue el viejo a pedir visa para poder regresar a México por Francia, no le volvieran a hacer los de Inmigración la de la venida, impedirle pasar de una sala a otra en el aeropuerto.

—¿Cuánto piensa quedarse en Francia? —le preguntó el vicecónsul que lo atendió.

—Lo que tarde en cambiar de avión —le contestó el viejo—. Pero le solicito visa por dos días por si Air France se retrasa y no llego a París a tiempo de hacer la conexión.

—Air France no se retrasa —replicó el comemierda con arrogancia y le estampó el sello: por un día.

—¿Y si pierdo el avión a México qué hago? ¿Me esfumo en el aire, o qué?

—Es cosa suya. ¡El siguiente!

Pasó el siguiente, un centroafricano, otro paria, y el viejo salió del consulado con su visado para un día y con la cola entre las patas envidiando a Wojtyla que por fin soltó el báculo. ¡Qué entierrito el que le hicieron al suertudo! ¡Cuánto pendón, cuánto salmo, cuánta pompa fatua! Curas y monjas, acólitos y monaguillos, obispos y cardenales, presbíteros y diáconos, ministros, jefes de Estado, embajadores, Guardia

Suiza y pueblo vil. ¿Y qué quedó de todo eso? ¿Del fastuoso funeral hoy quién se acuerda? Todo fueron coles y verduras de las eras, pedos y relinchos de caballo.

Como ayer, como antier, volvió a ponerse el sol con su obstinación giratoria. Hacía mutis por un lado del escenario para volver a aparecer por el otro con un cinismo renovado. Entonces el viejo se despertaba, se levantaba, se refregaba los ojos y corría al baño a mirarse en el espejo.

—¡Uy, otro día más vivo, qué vaina!

Y empezaba a contar las horas: las siete, las ocho, las nueve, las diez...

Ahora avanzaba bajo los faroles de un edificio público en la noche de Barcelona pensando en el Magdalena, que en sus tiempos de gloria tenía barcos de rueda y caimanes. Y que de repente surgen de la oscuridad unos soldados apuntándole con sus fusiles.

—¿Qué pasó? ¿A quién maté? ¡A un cura o qué! ¡O es que se acabó España?

El viejo les vio el terror en las caras lívidas sin entender nada. A lo mejor creyeron que les iba a poner una bomba... Les echó una mirada de paciencia burlona y prosiguió su camino dándoles la espalda, esperando que le pegaran un tiro por detrás y le borraran de una la computadora. ¿En qué era en que iba? Ah sí, en el Magdalena que se secó y se quedó sin barcos de rueda y caimanes. Y en esa Colombia tuya que en tu ausencia se hizo ajena. El que se va de Sevilla pierde su silla. Grábenselo bien, tomen nota, y no olviden que: que los viejos burócratas rapaces de ayer han sido reemplazados por los jóvenes burócratas rapaces de hoy, la vieja mierda por la nueva mierda. Mientras nuestro amigo andaba afuera soñando con volver, Colombia se le había ido rumbo a otro siglo y otro milenio y otros dueños, y ya no había forma de recobrarla y dar marcha atrás. Nadie puede reenrollar el carrete loco del tiempo. Desandar los pasos sí, pero en calidad de fantasma. Desde el fondo del recuerdo del fantasma surgió el río torrentoso, caudaloso. Por él iba un niño marinero piloteando su barquito, un flamante barco de rueda. Río abajo, en un meandro traicionero, lo aguardaba disfrazada de Vejez la Muerte.

—¡Uuuu! —silbaba la sirena del barco.

E iba el barco resoplando y echando humo por la chimenea como una lavandera desdentada, mueca. En los playones de las orillas del Magdalena dormían siesta los caimanes con las fauces abiertas, que se les iban llenando de moscas. Y cuando ya estaban llenas, ¡plas!, las cerraban, se englutían las moscas y otra vez da capo, a trabajar, a laborar con los cansados goznes de las mandíbulas solícitas y a digerir durmiendo.

—¡Buen apetito, caimanes, que les aproveche la siesta!

Esa noche en el bar del barrio chino el viejo se volvió a encontrar con sus colegas paisanos. Nadie en la vastedad de esta tierra plana que se va redondeando en el horizonte lo podía entender a él mejor que esos borrachos. Ni nadie los podía entender mejor a ellos que él. Navegaban por los mismos cauces mentales, por ese mismo río loco que desembotelló a Colombia y que arrastrara un día, junto con sus barcos de rueda y sus caimanes, un caudal profundo de esperanzas e ilusiones. ¡El Magdalena! Por una trocha u otra Colombia toda desembocaba en él, que la sacaba al mar, que la llevaba a Europa a desasnarse en Francia, donde uno podía visitar en París, si quería (aunque con riesgo de excomunión), al pontífice de turno: Victor Hugo, Renan, Verlaine... Yo también anduve por allá en mis mocedades y viví en la Ciudad Luz, en el Quartier Latin, a tiro de piedra de Sartre. Un día me lo encontré en el Deux Magots tomando café. Pasé a su lado por su mesa, y donde hubiera estirado la mano lo toco.

Sacando cuentas de lo vivido, de lo sufrido, ningún momento más doloroso recordaba el viejo que cuando se le murió la Bruja, en sus brazos, en la sala de su apartamento de México. Llevaba días de sufrimiento con los intestinos retorcidos hasta que una mañana, cuando ni él ni ella podían aguantar más el dolor, le llegó por fin misericordiosa la Muerte. Pero sólo a ella, a él no. Él siguió cargando la cruz de su recuerdo por esta Vía Dolorosa.

Otra imagen que tampoco se le borraba de la cabeza era la de la última vez que vio a la abuela, en el corredor delantero de la finca Santa Anita el día en que fue a despedirse de ella para irse a México.

—¿Por qué llorás, abuela, si no me voy a morir? Si es un simple viajecito de cuatro horas en avión... Tan pronto como pueda vuelvo.

Volvió sí, pero para no encontrarla más. Él no se murió, se murió ella. No había entrado nunca en los planes del ingenuo que la abuela se pudiera morir. ¡Claro, como de joven se creía eterno! Y pues no. Salvo Dios y la revolución cubana nada es eterno. Lo cierto es que a Colombia no le pudo perdonar jamás que lo hubiera obligado a marcharse dejando a la abuela, y le tomó a esa Arcadia bondadosa y pacífica una ojeriza que lo acompañó hasta la cremación en Gayosso.

¡Qué hacía que la brisa soplaba por los corredores florecidos de geranios y azaleas de Santa Anita, y que la Bruja corría por el parque apostando carreras con el viento! Y ahora iba él solo, sin ellas, arrastrando por las calles de una ciudad extranjera la pesada carreta. El calor arreciaba. El viejo entró a una tienda a comprar una botella de agua.

—¿Y Sartre cómo era?

—Bajito, flaquito, feíto, de gafitas redonditas de carey.

—¡Pues cuánta guerra no dio el maldito!

—Oiga, señor, ¿y de veras el Magdalena tenía caimanes?

—Sí, los exterminaron. A todos los mataron para hacer con sus pieles zapatos de puta y cinturones de maricas. Colombia la vandálica los acabó. Ahora se está acabando a sí misma esa demente, sacándose a cuchilladas las tripas. Eso es justicia divina. Que sirva para algo ese viejo güevón de arriba.

Sus tesis atrabiliarias y extremas, lo de siempre. ¿Cómo era eso, por ejemplo, de que el pobre no tenía derecho a reproducirse, ni el rico tampoco? El pobre vaya, ¿pero por qué el rico no?

—Porque una fortuna dividida en cinco se vuelve la quinta parte, y en diez la décima.

Nunca lo logré entender. Despreciaba el dinero pero detestaba a los pobres. Y con radio ni se diga, se le hacía un oximoron imposible de tragar, una felicidad infame. El pobre era un copulador nato que lo único que hacía era pichar y oír radio.

—¿«Pichar» no quiere decir darle a una bola con un palo de béisbol?

—No, eso es «pichear», con «e». Para mí que de lo que el viejo estaba hablando era del acto del coito: el ayuntamiento, el apareamiento, la cópula.

El dele-dele sin parar de la chusma proliferante, la turba vándala, el lumpen zángano,
el rebaño-jauría que le llenaba las plazas al cura-papa y a Castro y que había que exterminar
con Flit para moscas. Ay, dizque la clase trabajadora, el pueblo, el proletariado... ¡Cuál clase
trabajadora, cuál pueblo, cuál proletariado! ¡As-
querosos! El pueblo es una infinidad de culos
sueltos en la pichadera de nunca parar. El pueblo es la negación del individuo, que es lo que
hay en el aquí y ahora: él, ella, usted, yo...
    ¿El aquí y ahora? De ése era del que se
estaba despidiendo el viejo parado en el umbral
del tránsito: de este lado las penas de esta vida; del otro la infinitud del infinito. Por lo pronto, en fin, y mientras daba el paso, que cuando
asumiera la presidencia les iba a coser las vaginas a todas las gallinas ponedoras, y a meter en
cintura a ese país ignaro que había perdido el
sentido del idioma. El natural instinto de esta
lengua, vaya, que uno mama, con la leche de la
concordancia y el régimen de las tetas de su madre. Así pues, para empezar, jamás se iba a diri-
gir a esa gentuza en términos de «colombianos
y colombianas». ¿Para qué «colombianas», si con
«colombianos» basta? Eso era redundancia.
Y sí. En todo hombre hay metida una mujer y el
género masculino abarca al femenino. ¡O qué!
¿«Padra nuestra que estás en las cielas, santificada
sea tu nombra»? ¿Vamos a rezar el padrenuestro
así para darles gusto a estas cabronas? La mujer

es una bestia ambiciosa, paridora, lúbrica. ¡No más coba! Hay que taponarle todos los orificios de entrada y de salida para que no siga haciendo el mal. Que no hablen más, que no sueñen, que no deliren, que se callen. Y que se vayan olvidando de la presidencia de Colombia porque ésa no la van a oler nunca.

—¿Entonces que se acabe la especie, que explote esto?

—No, la especie no se acaba ni explota esto porque lo que viene ahora es la reproducción partenogenética: sacar un hombre del lóbulo de la oreja de otro.

Para entonces el viejo se había peleado con: el partido conservador, el liberal, la Iglesia católica, las guerrillas de las FARC, las del ELN, los pobres, los ricos, los blancos, los negros... Con todo, con todas, con todos. Detestaba la música disco, el radio, las motos, la televisión... Que el sol siguiera saliendo y poniéndose como un estúpido. Y las luminarias del cielo le producían náusea, vómito: la luna, los planetas, las estrellas, los púlsars, los quásars, lo que fuera.

Catorce años lo acompañó la Bruja, los más amables de su vida. ¿O fueron los de su infancia, cuando vivía la abuela? Con los ojos fijos en el vacío trataba de recordarlas, pero la dicha recordada se le trocaba en desgracia. Y ahí iba con su desamparo por entre los nuevos dueños de la tierra, hijos de la lujuria y el ruido en un mundo cada día más lujurioso y más ruidoso.

Y pensando en el atascamiento de las computadoras, en el robo tributario, en la prisa de los jóvenes y en la calma de los viejos llegó a la glorieta de Colón. ¡Las colas que tenía que hacer en México en las Tesorerías del PRI-gobierno para pagarles impuesto a esos venales! Pues andando rápido el tiempo y lento las colas, las exacciones de Hacienda acabaron por gustarle y le empezaron a producir un placer morboso. Se acostumbró a ellas como al smog. Smog e impuestos, tal el oxígeno que impelía su vida. Y ahí iba viento en popa como un bajel en la tormenta. ¿Que la vida es terrible? ¡Qué va! La vida es bella, es la mamá de la muerte.

—¡Y bájenle a la velocidad, güevones, que de la carrera no queda sino el cansancio! —gritó como un demente en plena glorieta de Colón en medio del carrerío.

—¡Zas! ¡Zas! ¡Zas! —le zumbaban por lado y lado los carros.

Los oía, los sentía, los olía, pero no los veía. ¡Claro, cómo los iba a ver si iba con los ojos cerrados!

—¡Abrilos, güevón, que te van a atropellar!

Que no, que no los abría. Y aunque no lo atropellaron claro que murió, todos nos morimos algún día si es que ya no estamos muertos. Murió algo después, en un hotelito de Barcelona cuyo nombre he olvidado. He de ir con Colombia a buscarlo para poner en la fachada una placa: «Hic mortus ubique notus». De «moriturus est» pasó a «mortus»: del futuro de la voz pasiva al participio pasado. Se salió con la suya el viejo, todo era cuestión de gramática.

Por lo pronto, y mientras daba el gran paso, cada vez tenía más sed y le ardían más los ojos. ¡Santa Anita! ¿Cómo pudo caber allí tanta felicidad al abrigo de las miserias de la tierra? ¡Y qué importaba! La felicidad vivida es como una pierna cortada, una fortuna perdida, un tren ido. Eso de que lo bailado nadie nos lo quita es estupidez senil. Lo que pasó pasó y punto. Dándole la espalda al espejismo de la felicidad que dejaba atrás para siempre el viejo siguió su camino rumbo a la feria.

—¿Cómo amanecieron, paisanos, muy enguayabaditos, o qué? —saludó al llegar.

«Enguayabados» es en Colombia, «crudos» en México, en Guatemala «con goma» y en España «con resaca». Y así y así. Una denominación en cada paisito de esta colcha de retazos llamada idioma para el consabido mal del remordimiento tembloroso que nos acomete hoy en la mañana y no nos deja volver a agarrar la copa de anoche. Acto seguido y desvariando un poco por la privación del alcohol el viejo se embarcó en una disertación lexicográfica que a nadie le importaba, y en unas distinciones escolásticas que no entendí: que dizque así como el radio de acción de un ángel difería del de un arcángel y como la luz y la gravedad disminuían en proporción inversa al cuadrado de la distancia, asimismo, de igual modo, sin diferir un ápice, una doncella estuprada no era lo mismo que una virgen puta.

Andaba ya en pleno proceso de desintegración, de liquidación del entable. ¡Y quejándose de no poder dormir! Si hubiera sabido que esa noche el sueño en contubernio con la Muerte iba a venir a dispensarlo del instante de vértigo que resume a todos los otros... Bueno, supongo yo porque de ésa no ha regresado nadie para contar, salvo un borracho de Birkenhead, un tal Lowry, que en una fenomenal borrachera logró saber (con percepción extrasensorial avivada por el alcohol) en qué estaba pensando el cónsul inglés de Cuernavaca en el momento en que moría bajo el volcán. ¡Qué cosa tan puta es la vida, qué duro es esto! Tenía razón el viejo, la felicidad pasada es como el tren que se nos fue. ¿Que lo bailado nadie nos lo quita? ¡Bobalicones! ¡Simplones! ¡Sandios! Las uvas que estaban verdes ya se pudrieron, mentecatos.

Pero volviendo a la Rambla y de paso al pasado, a esa noche de su lejana juventud en que al salir del Liceo se tropezó con el chulo... Era su recuerdo más persistente de Barcelona. Gluck asociado a un muchacho prostituto. Dicen que de lo próspera que está hoy España allá se acabaron los chulos. O sea, quiero decir, los locales, pues como no hay mal que por bien no venga y Dios es grande, en esas lides de amor desinte-

resado a los que produce la tierra los reempla-
zaron los búlgaros, los bereberes, los rumanos,
los centroafricanos... Que es como si en Colombia tuviéramos que importar café. ¡Y qué le hace! Si hay que importar, importamos. Hay que
ser ecuménicos como el papa. Gluck era inmenso, pero eso no le impedía al viejo llorar con los
boleros de Leo Marini. En cuestiones musica-
les nuestro amigo era un promiscuo, un llorón
de manga ancha.

El muchacho dejó el Liceo y con el alma todavía inundada de Gluck tomó por las
Ramblas. Entonces se tropezó con el muchacho prostituto.

—Perdón —se dijeron ambos y se sonrieron.

Fue un encuentro fortuito. El azar, celestina sin par, lo había arreglado, los había echado
al uno en brazos del otro.

La pensión estaba en la penumbra. Ah
no, en la penumbra no: en la oscuridad de la
noche. Una tenue luz alumbraba el pasillo.

—¿La luz de una vela? ¿O la luz de un
foco?

—De una vela no, de un foco. No estoy
hablando del siglo XIX sino del XX. Un foco de
luz apagada, de veinte bujías o vatios.

—No son lo mismo. Las unas miden una
cosa, los otros otra.

La señora anciana los condujo por el pasillo hasta el cuarto. Tenía una inmensa dul-

zura en los ojos y todo el dolor y la dignidad
de España.

—De España no, de Cataluña, si lo que
estás contando pasa en Barcelona.

—Para mí Barcelona era España.

Exacto. Pues ni siquiera recordaba haber
oído hablar en catalán. Era su insondable desmemoria. ¿O es que de tanto que había vivido
había empezado a olvidarlo todo?

—Nadie puede recordar lo que pasó ha-
ce medio siglo, un siglo, veinte siglos. Todo pasa, todo se olvida, nada queda.

—También la abuela se te va a olvidar
un día.

Y sí, en el momento de morir. Iba a morir sin saberlo con el alma en Santa Anita. Y como donde está el alma es donde está uno pues
el cuerpo no importa... Iba a tener la muerte
mejor: sin curas, ni médicos, ni notarios. La
muerte bendecida por el sueño. Santa Anita era
un precipicio. Y cuando se fuera por él iba a
caer en la nada de Dios. Ah, para el que no sabía, Santa Anita era una santa; pero para él, que
sabía, era una finca: con dos corredores airea-
dos que daban el uno a un valle y el otro a una
montaña. De corredor a corredor pasando por
el comedor y dos patios y luego por la sala y la
antesala, entraba y salía el viento como Pedro
por su casa. Armaba un revoloteo de hojas y flores secas arrancadas de los curazaos de los patios y se llevaba El Colombiano, el periódico

de Medellín donde figuran los muertos fresque-
citos de ayer y los vivos campantes de hoy que
serán los muertos de mañana: politiquitos rapaces aspirando a puesto, y ya en el puesto burócratas venales declarando y desfalcando. Robos,
atracos, tragedias... Que en la calle tal frente al
edificio tal explotó un coche bomba y mató a
tantos. Que con las explosiones más la gente y
más las fábricas y los carros y el calentamiento
planetario, a la ciudad se le habían subido como
diez grados de rabia y estaba que ardía. Que el
asfalto de las calles se derretía, pero que si llo-
vía era peor. A doña no sé qué hoy viuda de tal
un deslave se le llevó al marido y cinco hijos y no
tenía con qué sostener a los cinco que le quedaron. ¿Que qué hacía?

—¡Maten esa vieja puta para que abra
campo y no para más! —era la solución del
viejo.

Caridad no es que hiciera, y la fe y la esperanza las tenía más perdidas que su alma.

El muchacho subió con el chulo por la
desvencijada escalera. Tocaron a una puerta y
una sombra les abrió. Era una pensión de sombras presidida por otra sombra. Avanzaron por
un oscuro pasillo. Al llegar al cuarto el muchacho advirtió que quien los guiaba era una anciana de pelo blanco y ojos dulces y recordó a la
abuela. Pasaron los dos muchachos al cuarto,
la anciana cerró tras ellos la puerta y quedaron
solos. Era un cuarto limpísimo. Para un cris-

tiano como yo el pecado en sábanas limpias se vuelve un canto al Todopoderoso, un éxtasis con campanitas. Dios oía, Dios veía, Dios sabía. El Sabelotodo los vio entonces desvestirse como cualquier vulgar mirón que mira ansioso por un hueco disimulado en la pared de un burdel. Ya desnudo el chulo prendió un cigarrillo y se acostó fumando y con la cabeza apoyada en un brazo. Era un chulo estereotipado, sin un centímetro de más ni un centímetro de menos. ¿Pero estaba seguro el viejo de que lo que recordaba ocurrió en Barcelona? ¿No estaría confundiendo al chulo con una marchetta de Roma, un hustler de Londres, un gigoló de París? Tenía debilidad por los prostitutos y los soldados. Una eyaculación de un soldado en Colombia se le hacía una eyaculación de la patria. Nunca quiso tanto a Colombia como en ellos. Soldaditos limpios con el pelo cortado en cepillo.

—¿Cabos y sargentos también?

—No, sólo soldados. Los militares a medida que van subiendo en el escalafón van ganando en barriga y perdiendo en sexo. Que se acueste el general con su mujer o su madre y que no atente contra la integridad del Estado.

—¿Qué era lo primero que les quitaba?

—El revólver, no lo fueran a matar.

—¿Acaso le importaba la vida?

—Ni un comino. Le importaba el soldado que tenía en la mano.

—¿Bonito o feo?

—Daba igual. Más valía un ángel en la mano que una bandada de serafines volando.

—¿El asunto tenía pues, como quien dice, un cariz emblemático?

—Ah, eso sí ya no sé.

Al ir a confirmar en Air France su pasaje de vuelta a México le informaron que iba a regresar por Mexicana.

—¿Y eso? —preguntó el viejo.

—Es que operamos con ellos vuelos conjuntos —contestó la mosquita muerta de Air France hablando en plural de obispo.

—No sabe, señorita —repuso el viejo—, la gran noticia que me da y cuánto se lo agradezco. Porque, con perdón de la palabra pero para decirlo clarito, ¡qué gran mierda es Air France!

Y que ojalá los árabes les secuestraran sus chatarras de aviones y se los volaran con dinamita. Y ¡pum!, salió dando un portazo que hizo cimbrar el edificio.

Ahora iba por el Paralelo y los caminos del recuerdo apretando su cabeza contra la del muchacho prostituto, disolviendo su candidez idiota en el alma negra del otro. Magnífica noticia la de que iba a regresar en un avión mexicano, con tripulación mexicana y tequila mexicano. ¿Qué más quería? El alma se le expandió de dicha y volvió por un instante a Santa Anita, la finca, una noche de diciembre que se llenó de globos y de fuegos de artificio. Iban los globos surcando el cielo y diciéndoles a los que no lo querían creer que la felicidad sí era posible en esta tierra. ¡Uy Santa Anita! ¡Tan bonita que fuiste y tan lejana que estás!

Más noticias del matadero y muy halagüeñas: que se habían agarrado a bala en las comunas todos contra todos: guerrilleros, paramilitares, el Das, la Dijin, el ejército, los curas, la policía... Las comunas, los sangrientos barrios de invasión encaramados en las laderas de las montañas de esa ciudad maldita donde vive y reina la que sirve, la Muerte, doña Muerte, misiá Muerte, la panacea universal, la gran justiciera de Colombia que mantiene a raya la impunidad. De no ser por ella el arrume de sumarios subiría hasta la luna. Trescientos mil kilómetros de papel sellado con firmas, sellos y estampillas. Firmas hasta de misiá hijueputa: de jueces y testigos, médicos forenses y abogados, procuradores y fiscales, occisos o interfectos, proxenetas y lenones de burdel.

—¡Que hable el muerto! —dice Colombia la estulta—. Que diga quién lo mató.

Nadie habla, todos callan. Allá sólo habla el presidente, que habla y habla sin parar. Habla hasta por los codos como una cotorra mojada a la que le hubieran soltado la lengua con vino de consagrar.

—Cósansela con aguja de arria a ese hijueputa —era la recomendación del viejo.

Y reflexionando sobre el hundimiento de Colombia y la decadencia de esta especie bípeda volvió al Moll de la Fusta cantando.

—¡Jua jua jua jua! ¡Jua jua jua jua! Jua jua jua juaaa... —venía feliz cantando con la música de una canción de Agustín Lara que dice: «Cuando vayas a Madrid chulona mía...». No habría de volver a Madrid pues esta vez no iba a salir de Barcelona. La que lo arregla todo se disponía a refrendarle con su firma la libreta, y el anunciado avión de Mexicana con su provisión de tequila se habría de ir sin él. En tanto el sol ardía en su delirio de verano y la sal del aire le hacía lagrimear los ojos. ¡Qué rápido se le había ido la vida! ¡Qué hace que era un niño, y ahora miren! Pasó de niño a viejo sin darse cuenta ni alcanzar a aprenderse la Enciclopedia Espasa.

—La vida es muy corta o muy larga —sentenció—. Por eso, paisanos, acabémonos de tomar lo qui haiga.

En su apasionada defensa del idioma el viejo lo atropellaba volviéndolo mierda. Tal su forma de ser. Era un solemne desastre hundido en la desmemoria.

—Maestro —le preguntó la señorita del stand—, ¿y a usté no se le ha antojado entrar a la Real Academia Española de la Lengua?

—En ese potrero no reciben colombianos, señorita —contestó.

¡Pobre viejo! Andando de tumbo en tumbo por la vida con la patria a cuestas. ¿A cuántos había enterrado ya? ¿A cien? ¿A doscientos? ¿A quinientos?

—Por quinientos pasé a mediados del siglo veinte...

Los iba anotando en su «libretica de los muertos», su «caudex mortuorum» en que apuntaba abuelos, padres, madres, hermanos, primos, amigos y enemigos. Figuraban en ella más de setenta muertos de sida, cien muertos de cáncer, otros tantos de infarto y ciento veinte asesinados, que Colombia asesinó. En fin, de todo había en la libreta como en la viña del Señor. Quien se le hubiera cruzado en su camino así fuera un instante y hubiera muerto, ahí estaba. ¡Qué imponente inventario! ¿Y saben quién lo iniciaba? Él. Él iba a la cabeza de la procesión.

—Sí. Yo voy de primero repicando de último.

Notario de sí mismo había levantado, en la página uno, su propia acta de defunción.

—¿Y dónde se puede consultar hoy en día esa libreta?

—En la Universidad de Antioquia, a la que se la dejó. De herencia a su Alma Mater se la dejó anotando de paso en ella al rector y a varios profesores vivos y muertos. Al final registraba al que alcanzaba a distinguir a menos de veinte metros, que era el radio de su visión. Prójimo que veía pasar y ya le olía a cadaverina.

—¡Qué viejo más hijueputa!

—Ni tanto. Amaba a los animales y entre ellos a algunos bípedos, como gallinas, gallos y pollos.

—¿Humanos también?

—¡Quién sabe! Se nos fue a la tumba con la respuesta.

En ese meticuloso recuento de difuntos figuraban también las calles de Medellín que se llevó el ensanche, las que Colombia la destructora, el país bulldozer, demolió. Necio destino el nuestro de construir para tumbar, tumbar para construir, unir para desunir, desunir para unir, y lo que más importa en estas apuradas páginas, nacer para morir.

—Nadie es preciso, métanselo bien en la cabeza, todos sobran.

Pasaba entonces a hacer votos para que la India y Pakistán se agarraran en una guerra nuclear y China y los Estados Unidos en otra. Y que le bajaran al planeta siquiera tres billones.

—¿Preservando a Colombia?

—¡Claro, para qué gastar pólvora en gallinazos! Dejen a su suerte a ese país desventurado, que él se destruye solo.

En términos generales, mirando el bosque a vuelo de pájaro, puedo afirmar aquí, sin desbarrar ni traicionar el espíritu de la letra, que detestaba a los musulmanes.

—Por ladrones, por traidores, por sanguinarios, por fanáticos. Y sobre todo y en primer lugar y antes que nada y en primer término, por su crueldad con los animales.

—Maestro, le van aplicar la sharia los ayatolas y a recetar una fatua.

—Que me la receten. ¡Le perdí el miedo a Colombia se lo voy a tener a esos santones! ¡Ay, dizque prosternados en dirección a la Meca con la cabeza gacha mirando al suelo los muy melosos! En dirección a la Meca sí y con la cabeza gacha mirando al suelo, pero con el culo al aire apuntando a Cristo. ¡Perros infieles! El día menos pensado nos van a matar a este papa.

—¿Y de los negros de África qué pensaba?

—Los detestaba.

—¿Y de los japoneses?

—Los detestaba.

—¿Y de los italianos?

—Los detestaba.

El color negro le olía raro, el amarillo le olía a rancio, e Italia se le hacía un país antihigiénico de mataputos eyaculadores.

—¿Y usted qué opina?

—Yo nada, soy un biógrafo imparcial que abre y cierra comillas y se atiene a los datos.

Y ateniéndome a los datos que son los que aquí importan como en toda biografía que no novele y que se respete vuelvo a lo dicho, que le pesaba el cuerpo, que al caminar sentía el tirón del suelo. Pues a mi modo de ver, cuando el hombre empieza a arrastrar los pasos y a detectar la fuerza de gravedad se jodió, ya es hora de que desocupe.

La última vez que lo vi fue en las Ramblas a la medianoche, la víspera de su partida. Nos contó que volvía a México en Mexicana al amanecer. Llevaba no sé cuántos días sin dormir y nos dijo algo que se me quedó muy grabado: que el sueño sin sueños era el estado más feliz del hombre porque entonces, y sólo entonces, era cuando la mula descansaba de sí misma y de la inmensa carga que llevaba encima.

—¿Cuál carga, maestro? —le pregunté.

—La vida —me contestó.

En ese instante sentí que dentro de poco le iba a volver el sueño, pero para siempre. Estábamos en el Café de la Ópera, frente al Liceo, al filo de la medianoche, en las Ramblas. Pagó la cuenta, se levantó de la mesa, se despidió de nosotros y tomó rumbo a su hotel.

Pero voy como una mula apurada tras un largo viaje de regreso a casa. Las mulas cuando ven la finca después de cruzar el río echan a correr. ¿Saben por qué? Porque aunque vienen cansadas no importa, lo que quieren es llegar, llegar, llegar.

¿Y por qué sé tanto de él, me preguntarán? Hombre, porque lo traté un buen tiempo. Lo conocí cuando escribía «Almudena la cagona», uno de sus aguafuertes inspirados en personajes reales, ahora en una dama de la sociedad bogotana que porque vivió en París con un diplomático se sintió Juana de Arco y se le metió en la cabeza —en su obtusa testa controlada por sus ambiciosas secreciones vaginales— la peregrina idea de convertirse en presidenta de Colombia para redimir a los pobres. No lo logró. La secuestraron antes en campaña, en un camino, los bandoleros de las FARC y la pusieron a cagar en descampado: a campo raso, al aire libre, en un rastrojo de los Llanos Orientales, bajo un cielo estrellado como el que pintó Van Gogh. En eso están acabando nuestras insignes matronas, nuestras cultas damas: en unas mujerzuelas públicas con el culo picado por las hormigas.

—Resumiendo, el viejo era un anárquico.

—Sí y no. Amanecía bien pero se iba desmejorando con el correr del día.

Con un cansancio inmenso se sentó en el primer banco público que encontró. El sol rabioso le daba en la cara. Se dio la vuelta en el banco y le daba en la espalda.

—¡Maldito sol!

Se levantó y continuó su camino arrastrando los pasos. Sí, la vida era un desastre. En el necio sucederse de las generaciones los sucesivos ocupantes de la tierra lo cambian todo pretendiendo mejorarlo todo y lo único que hacen es cagarse en todo. ¿O es que estamos mejor que hace cien años? El agua se acabó, el aire se acabó, el planeta se recalentó, el ruido nos ensordeció y los vendedores ambulantes nos invadieron la calle: oyen radio y venden mierda.

—¡Y esta lora gárrula hablando hasta por los codos sin parar!

Se refería al presidente de su país que sólo gobierna cuatro años, pero bien hubiera podido referirse al nuestro, que gobierna seis: un sexenio, palabra que hemos convertido en México en una de las más viles del idioma. Pues bien, con dos veces que viera el viejo a uno de esos granujas hablando por televisión y ya le quería cortar la lengua. Los detestaba. Y mientras más se hicieran ver, más, más los odiaba. Odiaba al primer ministro de Inglaterra, al presidente de Estados Unidos, al del gobierno español, al de Francia, a los déspotas de Cuba, Libia, Irak, Arabia, al demagogo de Venezuela, al capo vaticano, al energúmeno de Palestina, al juez Garzón.

—Bellacos malnacidos hijos de perra.

Le sugerí que por corrección política donde decía «perra» pusiera «puta», no fuera a ofender a algún perro, que es tan noble animal. Por lo demás a mí, como mexicano, insultar al que manda se me hace un despropósito. Al que manda hay que adularlo, masturbarlo, para que suelte los contratos. Otra cosa es querer callar a gritos el mar, que es sordo.

El mar mecía sus olas con su empeñosa demencia. El viejo se quedó un instante oyéndolo sin oírlo, viéndolo sin ver. El sol se empezó a poner en el mar pintándolo de amarillo. De un amarillo salado que le hacía lagrimear los ojos al viejo. ¿De qué iba a hablar mañana cuando le dieran la palabra? Si supiera... Recordó a la Bruja muriéndose en sus brazos y se le hizo un nudo en la garganta. Su gran invento, el borrador de recuerdos, no servía. Al pasar al papel los recuerdos dolorosos volvía a vivirlos, a sufrirlos, y así el remedio resultaba más dañino que la enfermedad. Imposible de contar, imposible de borrar, el recuerdo desconsolado de la muerte de la Bruja se le había convertido en un dolor crónico que lo iba a acompañar hasta la suya propia. El sol acabó de ponerse en el mar y el viejo decidió regresar a su cuarto, al hotel, a lo que fuera, a contar ovejas o a desenterrar muertos.

Cinco relojes despertadores había traído de México porque no confiaba en ninguno, y al llegar al cuarto les pasó revista y marchaban bien: contando obsecuentes segundo por segundo los minutos y las horas:

—Tac-tac-tac-tac...

Mañana hablaba. Pues paso a paso mañana se le estaba convirtiendo en hoy.

¿Relojes despertadores? Si a alguien le sobraban era a él que no dormía. Bien hubiera podido traer en vez de cinco, veinte.

Tratando de dormir, dejando a su inercia los relojes volvió a la tan cacareada guerra atómica entre la India y Pakistán. ¡Bobalicón! ¡Inocentón! ¡Iluso! ¡Qué se iban a agarrar ese par de paisuchos cobardes que lo único que sabían era ayuntarse como endemoniados para parir como ratas! (Con perdón de sus hermanas las ratas.) Una última esperanza le quedaba: el virus Ébola, san Martín de Ébola que el día menos pensado iba a venir a barrer hasta con el nido de la perra con su escoba.

¡Qué viejo mierda! Yo como mexicano sólo les digo una cosa: con setenta años de PRI y lo podrido que anda esto, nunca hemos producido uno igual. Malos seremos, pero no tanto.

Y me preguntarán ¿por qué desconfiar de los relojes? ¡Hombre, no confió en vida en su madre, iba a confiar muerto en unos putos relojes! Ni en relojes ni en espejos confiaba, ni en abogados, ni en médicos, ni en presidentes. Cuando manejaba, pese a lo cegatón que estaba, por la autopista de México a Querétaro, jamás miraba por el retrovisor a ver qué carro venía atrás porque no le creía; aun con el riesgo de darle al que iba adelante prefería volver la cabeza. O bien, con sangre fría y sin mirar, se cambiaba de carril estremeciéndose por lo que le deparara el destino. Descarrilamientos, frenazos, maldiciones era lo que le deparaba el destino, que también es ciego. Un ciego en manos de otro y manejando por semejante pista de carreras, ¿se imagina usted? A Querétaro iba ir de curva en curva acelerando y por las rectas zigzagueando, cambiándose de carril a ciegas al azar de sus caprichos como un borracho, tentando al fatum. De cuanto accidente provocó siempre salió ileso, impune.

—¿Y la policía? ¿No intervenía la policía?

—Pero por supuesto, a ver qué mordida sacaban, qué coima.

La policía de México es corrupta y para eso está, para venderse como rameras. Ahora bien, si le pedían mucho ¿saben qué hacía? Volvía a subir con pasmosa calma al carro, su viejo Fairmont abollado; se amarraba el cinturón de seguridad por seguridad; y arrancando a toda los ponía a correr tras de él.

—¡A correr, hijos de la chingada! —les gritaba sacando por la ventanilla su augusta cabeza de mariscal.

—¿Y lo agarraban?

—¡Jua! Era más fácil agarrar un pez aceitado en unas cataratas. Además de corrupta la policía mexicana es follona, culera: temen por sus preciosas vidas y a más de doscientos no aceleran. Y si, como les avisaron por radio a los del retén, ven venir los del retén un Fairmont rojo sin placas a toda rumbo al retén, saltan a los lados como pollos quemados para que pase el bólido.

Cuantos giran ahora por tu glorieta de Colón y transitan por tus Ramblas y tus calles, Barcelona mía, todos, todos, todos dentro de unos años estarán muertos y podridos, podridos y olvidados, y tú serás muy otra y ni de uno solo de ellos te acordarás. ¡Desmemoriada! ¡Ingrata! Sólo tendrás memoria para los goles que hayas metido, y contigo España, con tus patas. Amén. Dijo el viejo su oración y sin más volvió a la Rambla, al Paralelo, a la glorieta de Colón a ver el desfile de los cadáveres presuntuosos que se creían vivos, pero no: circulaban insepultos en carro, o insepultos transitaban a pie.

Cuando a Colombia se le borró la Historia y le entró el mal (¿o el bien?) de la desmemoria, el viejo siguió cargando con todo, almacenando en sus archivos neuronales medio centenar de presidentes que se dicen rápido pero que había que sacar de tanto en tanto religiosamente a orearse, a desempolvarse de la Muerte, ocasiones que él aprovechaba solícito para mentarles la madre. ¿Cuántos quedaban en Colombia como él que recordaran? ¿Cinco? ¿Diez? Diez eran los que se necesitaban para salvar del fuego eterno a las ciudades de la pentápolis y no los encontraron. ¿Los iban a encontrar acaso entre los cuarenta y tres millones del matadero-cagadero de Colombia? Por lo pronto le iba a rezar un trisagio a san Martín de Ébola y su escoba milagrosa, entendiendo por trisagio lo que entendía la abuela, tres rosarios: uno al principio, otro en el medio y otro al final. Los misterios que vamos a contemplar hoy son... ¿Gloriosos? ¿Gozosos? ¿Dolorosos? ¡Qué iba a saber si no sabía qué día era! Lunes gozosos, martes dolorosos, miércoles gloriosos... Y así y así y así mientras vamos desgranando paso a paso nuestras vidas y día a día la semana. Para poder rezar rosarios primero tiene que saber el cristiano dónde está parado. Hoy andaba el viejo en la cuerda floja, en inventario.

—¿Cuánto me deben? ¿Cuánto les debo? Me deben todo, no les debo nada.

Si existiera el cielo a él se iría, pero ¡ay!, no existe el cielo; no hay más cielo que el atmosférico, donde se gestan las tormentas. Y en México ni eso: el smog. El viejo extrañó dulcemente a México y su smog, tan bueno para los pulmones y la confusión de las almas. Y con el alma envuelta en una estimulante nube de smog directamente importada de ahí, del país de los mariachis que se están acabando, empezó a ascender contra la pesantez del verano y a ver achicarse abajo, en su glorieta, la columna de Colón, con cochecitos de juguete girando en torno.

—¡Adiós, España, muchachita! ¡Chula!

¡Plas! La nube explotó y el viejo se precipitó a tierra jalado por la que nos une a todos y no nos deja dispersar en las inmensidades del espacio eterno: la fuerza de gravedad, doña verraca.

—La fuerza de gravedad es Dios —dijo el viejo—, y no reconozco a ningún otro. Es ella la que nos mantiene unidos en su Infinita Misericordia haciendo de esto un paraíso, un edén, un nirvana, un olimpo, un empíreo, un Elíseo, un walhalla donde no se conoce el dolor. Bendita seas, ¡aleluya!

En cuanto a la luz, de donde viene Lucifer, su dueño, viaja siempre a contracorriente de la gravedad tratando de escapársele, pero no puede: tarde que temprano acaba rebotando contra algo. Contra la calva, por ejemplo, de un viejo: de ese que va por este día rabiosamente soleado del verano arrastrando sus cansinos pasos por la costanera o como la llamen allá. ¡Qué difundido estaba el gen de la calvicie en la población española! Pobres... ¡Cuánto desentejado insolándose por la azotea!

¿Pero de qué les estaba hablando? ¿Les decía que qué? ¡Ah sí! Que el problema de la pentoxifilina, el remedio para la memoria que él mismo se recetó, es que se le olvida a uno tomárselo. Y así, sin tomárselo no hay memoria y sin memoria no hay remedio. Empantanado en ese círculo vicioso, no recordaba por no medicinarse, y no se medicinaba por no recordar. La vejez le hacía eco a la ciencia médica en su desastre. De qué sirve la medicina, a ver, ¿para curar gonorreas?

La medicina era un desastre y este idioma otro peor. Y desechando con desprecio el fracaso de los médicos pasaba a teorizar sobre la desintegración de la lengua castellana. ¡Pero qué va! El que se estaba desintegrando era él, por más que lo retuviera en tierra firme la gravedad. El idioma es una mula sabia que sabe dónde pisa. Para vadear ríos y salvar tramos fragosos por los caminos de herradura que llevaban a la finca agreste, alzada, La Esperanza, que tuvo su pa-

pá en el municipio de San Carlos en tiempos
de la Violencia con mayúscula (cuando se agarraban a machete los conservadores con los liberales y se bajaban a machetazo limpio la cabeza) no había como las mulas. Los caballos no
sirven. El caballo trota en plano pero en terreno disparejo da traspiés.

—¡Camarero, el coñac se acabó, llévese
esto!

Y le señaló con displicencia al que lo atendía la botella vacía:

—Más vacía que la vida de un perro callejero. Mire, vea, vaya, tráigase otra.

Era un viejo camarero de los de antes,
de cuando España era pobre pero digna y para
un camarero era un orgullo serlo. ¡Hoy a quién
carajos le importa la dignidad! ¡Desdichado! Ya
habrá muerto. Si lo menciono aquí es para que
no les quepa la menor duda antes de seguir adelante de que la Muerte no sólo no respeta ilustres —gente de mitra y báculo, de birrete y toga— sino tampoco ganapanes, camareros. Que
no se vayan a creer estos bellacos que están a
salvo porque se la pasan yendo y viniendo como
anguilas escurridizas por las mesas de su concurrido café viendo entrar y salir clientes. Un camarero en este drama es como una escupidera,
un paragüero, un cenicero, utilería de usar y tirar
y listo, a otra cosa.

—Puesto que la eternidad la podemos
pensar en un instante, pensémosla, borrémosla

—se dijo el viejo tamborileando nerviosamente con los dedos sobre la mesa mientras le traían la segunda botella de Armagnac.

¿Qué hacía ahí, a esas horas, en ese café de esa ciudad ociosa? Había venido a una feria de libros, sí, ¿pero qué objeto tenía tal feria? ¿Quemarlos? ¡Maldito el mundo que le había tocado, atestado de libros y gente!

Tomándose la primera copa de la segunda botella de Armagnac se planteó esta disyuntiva: o bien regresar de inmediato a México mandando al diablo a la feria, o bien rociarla de gasolina y quemarla. ¡Qué espléndido! Ver arder en la noche oscura, en la noche cómplice, como paja, un centenar de casetas repletas de letra muerta, de paja.

—¿Y el pabellón de Colombia?

—Por ése iba a empezar. Ése iba a ser el foco rojo de la quema.

—¿Pero de dónde iba a sacar la gasolina?

—Pues de una gasolinera que es donde hay.

—¡Ah sí! ¿Se iba a presentar en una gasolinera a que le vendieran un galón de gasolina? Lo iban a agarrar después por pirómano y se iba a podrir tras las rejas. Barcelona no es Querétaro.

¿Un viejo pirómano? Nadie iba a sospechar de él. No los hay. Como tampoco hay ciudad fea de noche vista de lejos. ¡Ni Tegucigalpa! En la cálida noche hondureña orquestada de zancudos y cigarras, desde un mirador en la montaña o la ventanilla del avión, la capital de Honduras se ve abajo divina, con sus foquitos como almitas palpitando fervorosa. Tegucigalpa en su hueco de noche es hermosa y la solución era rentar un carro y sacarle la gasolina. Es más, en el mismo carro rentado al que le sacó la gasolina, no bien hubiera armado el viejo su pachanga se podía marchar tranquilo sin volver la vista atrás, que fue lo que hizo la mujer de Lot, la inconsciente. No. La gran Feria del Libro en llamas no era un espectáculo para los ojos: era un corrientazo directo al corazón. Como cuando te agarran los paramédicos en su ambulancia y te galvanizan con una pila de Volta.

Su idioma estaba vuelto un desastre, su país otro y él otro, nada tenía remedio, ¿qué hacía ahí? Entendiendo por «ahí» ya no Barcelona sino la vida, el mundo: éste. Este que se estaba desfondando de tanto libro y tanta gente y deshaciéndose de tanta podredumbre. En pago de la primer botella de Armagnac el viejo dejó la segunda empezada y se marchó sin decir buenas noches. Tomó por un rumbo equivocado y se extravió. Un autobús de dos pisos repleto de turistas venía haciendo el tour de Barcelona. El viejo los vio pasar con desprecio y les gritó:

—¡Idiotas!

Barcelona no era una ciudad para ver. Barcelona era un santuario, la capital de la cópula.

Y así, al azar de sus calles extraviadas amaneció o anocheció. Ya no distinguía muy bien el viejo el sol naciente del sol poniente.

—Estoy norteado —dijo, como dicen en México, queriendo significar perdido.

—Perdido siempre ha estado usted, maestro —le hice ver—. El norte está para allá.

Y le indiqué un adefesio de catedral inconclusa que parecía un pastel comido por los gusanos, con unas torres como florecidas de papilomas genitales y chancros. Estábamos en la Diagonal, una avenida que corre paralela al Paralelo.

—¿Adónde quiere ir, maestro? ¿A su hotel?

—No. Déjenme solo.

—Que se vaya, que tome para donde quiera. Mire, para allá están las Ramblas.

Y se las señalamos, aunque con tantas manzanas de por medio no las iba a poder ver. Yo soy partidario de dejar a los borrachos solos con sus almas. Que cargue el cristiano con su cruz y el borracho con su borrachera. ¡Adiós! Amén.

—Putas cristianas o islámicas empreñadas —fue lo último que le alcancé a oír esa madrugada.

Iba mascullando su rosario de maldiciones.

Reducidos a sus muertes los que quiso, la Muerte le teñía de negro todos sus recuerdos felices. Por eso resolvió no volver a recordar. Recuerdos que se le venían a la cabeza, recuerdos que espantaba como moscas. Y eso está mal, uno sin recuerdos no es nadie, los recuerdos son los pilotes del edificio, los que apuntalan el yo.

—Un edificio hecho de viento y que se lleva el viento.

—Sí, pero qué importa, recuerde siempre lo feliz, olvídese de lo triste y sáquele gusto a la vida, maestro, que con todas sus miserias la vida es hermosa. ¡O qué! ¿Me aconseja pegarme un tiro en la cabeza?

—En la cabeza no: en el corazón, preservando la computadora.

O sea el ordenador, como decimos en España. En América hablan muy raro, mueven muy raro los labios.

Volviendo por sus fueros entró a una iglesia a escamparse del verano. ¡Qué a gusto se sentía ahí, en ese galpón viejo, fresco, aireado, con una luz matizada, a la sombra de Dios! Estaban dando la comunión. Fue hasta las gradas del altar, se arrodilló, sacó la lengua y recibió al Cordero. Lo masticó impíamente el sacrílego, con una rabia infantil. Nada pasó. Ni le cayó un rayo del cielo ni lo fulminó un choque anafiláctico. Las que hizo aquí se las iban a cobrar sí, pero más tarde, en la otra vida: allá abajo en la paila mocha del último círculo, el más caliente, el que tienen reservado para los papas.

La eucaristía le devolvió el estado de beatitud de la infancia. Se volvió a sentir niño en la iglesia salesiana del Sufragio, masticando hostias en ayunas para después irse a su casa a desayunar, ¿saben qué? ¡Chocolate con arepas! ¿Arepas? ¡Qué delicia! Ésa es una delicatessen del trópico que no se conoce en España.

Este descomulgado, relapso, réprobo se retiró fervoroso a una banca apartada a rezar, saboreándose al Cordero:

—Bendito seas, Satanás, por el pan que hoy me has dado, así sea ázimo.

Y que ve en un confesionario sin clientes a un cura desocupado. ¿Un confesionario vacío? ¿Un cura desocupado? ¡Hay que aprovechar! Y que corre a confesarse por el lado de las mujeres:

—Padre —le dice al cura con voz de lesbiana plácida por la celosía—, acúsome de que he vivido. Y dígale a Dios que puesto que tan mal se ha portado conmigo se sirva mandarme la bendición de la muerte.

—¿Por qué dices eso, hija? —le reprocha el confesor.

—No, por nada. Porque sol que sale, sol que se pone, padre.

El sol ladraba afuera en su cenit rabioso. ¡Si así ladraba en Cataluña, cómo estaría ladrando en Andalucía! Terrible, el acabose. Sin volver la vista atrás el viejo se alejó de la iglesia y de su infancia. El pavimento de la calle se empezó a derretir y por poco se queda atascado.

—¡Ay de los que vienen! —dijo a gritos, arreglándoselas para salir subiéndose a la acera—. ¡Esto se jodió! El calentamiento planetario les va a quemar el culo y les va a fundir el alma.

La euforia se le trocó en pesimismo y el pesimismo en desesperación. Lo había vuelto a envolver la nube negra. Que «oír» hubiera desaparecido de la lengua castellana... ¡De no poderlo creer! La muerte de ese verbo amado le pesaba como una lápida. Era el preludio del fin del mundo.

—El que no oye no escucha. ¡Van rumbo al abismo, locos, sordos!

Una vieja pintarrajeada y de culo plano se debatía atascada en el asfalto licuado.

—Auxili! Auxili! —gritaba en catalán.

Y chapaleaba, pataleaba, pugnando infructuosamente por salir. El viejo se sacó de la manga un paraguas, se lo tendió a la vieja y la sacó jalándola desde la acera. En agradecimiento ella lo invitó a un café y mientras se lo tomaban le propuso matrimonio. ¡Qué soledad la de los viejos de Barcelona! A buen puerto había atracado el desventurado...

Huyendo de la vieja volvió a caer en el atascadero: lo sacaron unos inmigrantes marroquíes y de paso la billetera. Nada traía. Todo lo había dejado a buen recaudo en el hotel, en la caja fuerte de su cuarto. El problema iba a ser abrirla. ¿Por qué letra empezaba la clave que él mismo escogió? ¿Por «a», por «b», por «c»? A él desde hacía mucho no le fallaba la memoria: le fallaba la mnemotecnia. Hombre precavido, había apuntado la clave en un papelito. Pero, ¿dónde había metido el papelito? Acudió entonces al gerente del hotel y el gerente del hotel al cerrajero. Abrieron la caja fuerte a la brava y adentro, en el único lugar del mundo donde no debía estar, ahí estaba, junto al dinero, inocente, el papelito. La palabra mágica que se le había olvidado, el «ábrete sésamo», la clave que estaba apuntada en él era «salvarsán», que significa «salvación por el arsénico»: el primer remedio eficaz que hubo contra la sífilis, inventado en vísperas de la primera guerra mundial por Ehrlich. Tan viejo sería el viejo que alcanzó a tomárselo. Pero, ¿quién fue el que lo contagió? A ver. ¿Quién? ¿Quién? Un fulano, un zutano, un mengano... Alguna de esas bellezas efímeras que pasaron cual relámpagos por su vida y que hoy yacían apagadas para siempre en la noche tremebunda del olvido.

—¡Uf, si le contara, padre! Acúsome de todos los pecados cometidos y de los no cometidos también, pues si no pequé más fue por pendejo.

«Pendejo» en México es una palabra vulgar pero en Colombia no tiene peso semántico, quiere decir bobito. La lengua va y viene, cambia, según los caprichos del viento y la altura de las montañas y Barcelona no daba para más. Una ciudad donde la gente sólo piensa en ayuntarse, en encontrar otra bestia para la cópula, se vuelve aburrida, repetitiva, monótona: como Bach. Hablaba en la feria, decía lo que fuera ¡y a volar! ¿Y que se murió el verbo oír? ¡Que se muriera! El idioma no es una roca inconmovible, es terrón que se desmorona, arenisca que se lleva el viento. En el cuarto de al lado, arrullándole el insomnio, una cama chirriaba indecentemente al ritmo de un apareamiento sincopado.

—¡Carajo, dejen dormir! —gritó el viejo dándole una patada a la pared—. ¡Pónganle vaselina a los goznes!

¡Cuáles goznes! Lo que había que aceitar eran los resortes del colchón. Goznes son los de las puertas. Pues por las mismas puertas de los mismos goznes en que nunca reparó, volvió a salir a la calle a sentir el calor de afuera para descansar del calor de adentro. En verano él pensaba mal por el calor, y en invierno por el frío. Ambos le atascaban los engranajes cerebrales. Le quedaban entonces del año unos cuantos días de la primavera y otros cuantos del otoño. ¿Valía la pena esperarlos? Él estaba graduado para funcionar a dieciocho grados centígrados o sesenta y cinco Fahrenheit.

¡Y esa sensación del presente como un monstruo devorador que se le estaba comiendo el pasado! Por cuidarse de los carros de la calle o por concentrarse en la caja fuerte del hotel dejaba de recordar un instante, otro instante, otro instante, y él sin recuerdos no era nadie, era un coco vacío, un muerto vivo con el mal de Alzheimer. ¿Que también tenía él?

—¡Dios libre y guarde, toco madera!

Y golpeaba sobre la mesa, que es la forma de llamar a los meseros en Colombia. ¡Pum pum!

Ipso facto se le desencadenaba un reflejo que acechaba en lo más hondo de lo más oscuro de su alma.

—¡Un aguardiente doble! —pidió.

—¿Un qué? No hay —repuso malhumorado el camarero.

—Entonces un anís del mono.

¡Qué recuerdos anisados los que le traía el aguardiente! Tan bellos pero tan horrorosos... Aguardiente de caña anisado, fiesta, machete, sangre, muerte. El aguardiente era el gran culpable del gran desastre de Colombia.

—Junto con la politiquería, maestro, y la Iglesia católica.

—Ah, eso sí. Ésa es la más grande plaga que tiene la humanidad. Hay que quemarlos en la hoguera aplicándoles su receta.

—¡Para qué, maestro! No gaste pólvora en gallinazos ni leña prendiendo hogueras que con este papa ella se acaba sola.

—Que Dios entonces nos lo conserve unos años.

Y volvía a tocar madera.

—¡Otro aguardiente doble, mesero! Perdón, otro anís del mono.

—Maestro: en España si usted golpea en la mesa para llamar, los camareros se ofenden.

—¡Ay, tan delicaditos!

Y perdiéndose en el vacío volvía a Colombia, la espléndida, donde nadie en su sano juicio se ofendía porque el prójimo tomara aguardiente. Lo más rescatable de Colombia eran sus vicios, pues por lo demás era un país vencido, fracasado, podrido. Podrido de envidia y odio y con el alma rota.

Por las mismas puertas por las que entraba y salía como lo que viene y va volvió a entrar, pero esta vez sí reparó en los goznes. ¿Chirriaban? Ésta sí y ésa también y también aquélla. ¡Cómo no lo había notado! De película de terror. Bajó a zancadas hasta la planta baja a quejarse con el gerente del hotel y a exigirle que aceitara los goznes de las puertas, empezando por las suyas, las del pasillo y el baño.

—Cada vez que las abro o las cierro rechinan, como esclavos gemebundos sacándole a uno en cara su existencia. Venga, suba conmigo y va a ver.

No sabía el señor gerente cuánto podía afectar la salud mental de sus huéspedes tan simple hecho. Nada evidente de por sí. Era cosa subliminal.

—¿También le molestaba el canto de los pájaros?

—También. Lo único que lo tranquilizaba era el mar, ese resumidero de cloacas.

—El mar con sus vaivenes meciendo mierda en la eternidad.

Como este de Barcelona al que no arriman ni los tiburones. ¿Pero es que Barcelona tenía mar?

—¡Claro! Esa mancha grisácea que usted tiene enfrente, maestro, es el mar.

Pero la palma de un mar sucio se la llevaba Colombia con sus perlas del Caribe: Cartagena, Santa Marta y Barranquilla. Por un cauce u otro, por un río u otro, toda la mierda de Colombia va a dar al Magdalena, y el Magdalena va a dar a ese mar. ¿Cómo querían entonces que estuvieran esas tres pobres ciudades?

—¿Antes no era así?

—Antes el Magdalena era un río esplendoroso en que reinaban los caimanes.

—Maestro, y el gigoló que se levantó en las Ramblas, ¿no le dio temor de que lo asesinara?

—¡Ay, niña, vivir es negocio peligroso! Los únicos que no corremos peligro somos los muertos.

Y en calidad de tal introducía a los países por los aeropuertos: material vegetal, material animal, armas de fuego, bombas sucias, dinamita, TNT, ánfor, superánfor, pentonita, amonal, semtex, indugel, heroína, cocaína, ántrax, semen, panfletos... Ni lo detectaban los sensores electrónicos ni lo olían los perros.

—Soy inodoro, incoloro, invisible, ingrávido: jamás me han preñado. Y entro y salgo como el viento.

Un muerto en una feria de libros muerta, ¿se imagina usted? Porque feria más desangelada, imposible. Colombia le había traído la sal a España. Y después se quejan los paisanos de que les pidan visa y no los quieran dejar entrar. ¿Para qué los van a querer? ¿Para que dejen por donde pasan un reguero de cadáveres? Colombia es como Atila, arrasa hasta con el nido de la perra y no respeta ni a su madre. O sea a la madre patria, España.

—¿Y tiene el mal componedero?

—Es más fácil rearmar un huevo quebrado.

Era un anarquista, un pesimista, un terrorista, un despatriado, un despechado, un amargado. Un cínico que abusaba de su calidad de fantasma. Colombia, que es país pedestre, jamás se las pudo cobrar. Cuando quiso ya era tarde, no alcanzó. Su brazo justiciero no llegaba hasta ultratumba. El viejo se le fue volando como un globo aerostático y la dejó con el culo anclado en tierra, befada, escarnecida, burlada.

—Los españoles viven bien, comen bien, beben bien, pichan bien, todos tienen trabajo y ninguno trabaja. ¿Para qué van a querer colombianos?

Sopló una brisita amable. Era el viento de la prosperidad trabajando para España, refrescándole el verano. Para reforzar la brisa el viejo se sacó un abanico de la manga y se puso a abanicarse. ¿Quién que viera a esta odalisca iba a pensar que un día, un lejano día de su disoluta juventud, había despeñado desde un puente a un gringuito en Granada? ¿Y que semanas antes de lo del gringuito había despachado al otro toldo, con chocolatinas arsenicadas, a una concierge en París? ¡Ay las concierges de París! Especie en extinción que él ayudó a extinguir.

—Padre, ¿matar a una concierge es pecado?

—¡Qué va a ser, hombre, bobo, si ése es un pajarito!

Creía el cura de Medellín con el que se fue a confesar que las concierges eran pajaritos. Tal vez las estaba confundiendo con Edith Piaf, el gorrión de París.

Sostenía el viejo que si se moría de nada se perdía pues ya todo lo había vivido, probado, visto. ¡Qué va! ¡Ni se había dado cuenta de que si las puertas no se aceitan, rechinan! ¿Cómo en tan larga vida no lo había notado? ¿Es que no oía, o qué?

El que vive acumula manías. A las muchas que tenía el viejo acababa de sumarles el rechinido de las puertas. Odiaba el fútbol, la música disco, los burócratas, los políticos, el ejército, la policía, las puertas que rechinan, el radio, la televisión. La misa no. Las amaba.

¡Ay las misas de la iglesia salesiana del Sufragio! ¿Qué se ficieron? Y los curitas de la secta de Don Bosco con sus latines, ¿adónde fueron? ¿Al quinto infierno? Cuando niño el viejo se disfrazaba de cura y celebraba misa de tres padres con sus dos hermanos. De sotana se ponían batas de baño; de blancas albas, las combinaciones de la mamá; de amitos, estolas, sobrepellices y casullas: carpetas; de copón usaban una bacinica; y de vino para consagrar, orines. Total, era el misterio de la transubstanciación. Custodia e incensario no tenían, cosa que los llenaba de frustración y rabia. Cocelebraban en un latín inventado, arrevesado, que le hubiera encantado a César:

—Infinitissimus culus mortufus quamquem dumquem filusquerat erat.

—Amén —contestaban los otros.

Por quemar carbón de leña en una olla a modo de incensario durante una misa quemaron la casa, y tras la casa se siguió Colombia: de Medellín el fuego saltó a Envigado, de Envigado a Sabaneta, de Sabaneta a Caldas, Itagüí, La Estrella, y ya nadie lo pudo parar. Acto seguido ese país vesánico se entregó en brazos de su concubina natural, la Violencia. ¡Y a cortar cabezas! Rodaban las testas descoronadas, azules si eran de conservadores, rojas si eran de liberales. ¡Qué hecatombe! Por fortuna ya todo pasó, el país se recuperó, pero nos tomó cincuenta años. Hoy estamos bien, con los desempleados empleados, los desplazados reubicados, los exiliados repatriados, la impunidad desterrada, el Estado funcionando, seguridad en calles y carreteras, magníficas carreteras, servicios públicos de primera, servidores públicos honestos y previsores, planeación urbana y demográfica, respeto al medio ambiente y a los animales y sobre todo, que es lo que más importa, justicia social. Hoy Colombia es un país magnánimo y próspero, equilibrado. ¡Pero qué cuota tan alta pagamos! ¡Uy, qué pesadilla, nunca pensé que saliéramos de ésa!

Ah, y los buitres de los noticieros de la televisión pagados a precio de oro por cacarear desastres. Que un incendio, que un coche bomba, que una masacre, que unas inundaciones, unas elecciones, un terremoto, un tornado... Y ni leer saben estos cabrones. Las comas las vuelven puntos, los puntos los vuelven comas, acentúan las preposiciones y los artículos, se paran a mitad de frase y de repente ¡pum!, sueltan el resto del chorro como una diarrea a media noche. ¡Malnacidos y malnacidas! ¡Cabrones y cabronas! ¡Hideputas e hideputas! Van a acabar con el idioma. Una noche en México, de una patada, quebró para siempre el televisor. Le dio en pleno hocico a Zabludovsky, el buitre de los buitres, el zanuco.

—¿Qué quiere decir zanuco?

—Zanuco quiere decir Zabludovsky.

El sol caía a plomo sobre la Plaza del Rey echándole leña a la hoguera del verano. El viejo cruzó la plaza y pensó en Barba Jacobo. ¿Pensó? ¿O volvió a pensar? ¿Cruzó la plaza? ¿O la volvió a cruzar? Ya no sabía si estaba desandando el camino andado, o si era que el tiempo de ocioso se había puesto a girar en redondo como un gato que quisiera agarrarse la cola. Vio a los esbirros de la Inquisición conduciendo a la hoguera a Mossén Urbano mientras el populacho palpitaba de íntimo gozo.

—¡Iglesia asesina! ¡Turba ruin! —gritó y escupió.

El escupitajo apagó la hoguera y la escena infame se esfumó en la nada. Ésa sí era la Plaza del Rey pero él nunca antes había pasado por ahí. ¿Cuántas noches llevaba sin dormir? ¿Tres? ¿Cuatro? ¿Cinco? Las palomas alzaron el vuelo y le borraron con su aleteo la cuenta. ¿Por qué pensar que el momento de la muerte pesa más que cualquier otro? ¿Porque es el último? ¿Porque el que lo vive ya no lo puede recordar? En suma, en resumidas cuentas, para decirlo en pocas palabras, lo único que él seguía haciendo ahí era preservando el yo, unos míseros recuerdos en el gran desastre de la vida. Ningún sentido tenía haber vuelto a Barcelona. Para morirse daba lo mismo Barcelona que Envigado, un palacio que una choza, una cama que un colchón. Por lo menos hasta ahora no había visto cura, ni vieja preñada, ni jeep, ni monja, el día pintaba bien.

—¿Y por qué la fobia a los jeeps?

—Porque le recordaban los vallenatos, esa carraca infecta que se oye en Colombia en la costa.

Barcelona la copuladora se desplazaba semi en pelota por el verano. Los nuevos tortolitos, los de la última hornada, iban dándose besitos por las calles, arrullando entre arrumacos su lujuria. Se creían dueños de la tierra, pero no: eran sus efímeros ocupantes, futuro pasto de gusanos. El hombre es una máquina ciega programada para eyacular. Para eso nace y vive y lo demás son cuentos.

—¿Qué está tomando, maestro?

—Cynar. Un licor francés de alcachofa muy bueno para el hígado: lo regenera.

Muchos iban por las Ramblas con sandalias, que dejaban ver los pies: los «pieses», como diría nuestro cultísimo ex presidente Miguel de la Madrid Hurtado, así llamado no por lo hurtado pues es un hombre honorable, sino tal vez porque lo robaron. Lo asaltaron y le quitaron los ahorritos del sexenio.

—¿Habrá país más impune que México?

—Colombia, maestro.

—No. Colombia deja impune el asesinato, que es peccata minuta contra el individuo; no el peculado, que es crimen contra la humanidad.

—También, también, no se haga ilusiones.

Se debatía en un problema jesuítico, casuístico: ¿dónde reinaba menos la impunidad para irse a morir ahí? ¿En Colombia? ¿O en México?

—Si a ésas vamos, maestro, usted no se va a morir. Nos va a durar para rato.

¡Qué felices estábamos esa noche en el Café de la Ópera tomando trago! En España se puede; en Colombia no: le echan a uno en el vaso escopolamina y lo desconectan para lo que reste, lo dejan vuelto un vegetal.

—¡Pero entonces ese país vuestro es terrible! —comentaron los españoles.

—¡Ni tanto! Muy entretenido. Allá de aburrición no se ha muerto nadie.

Y observando los mencionados «pieses» de los que pasaban el viejo nos hizo ver que eran las aletas del pez. Que todos esos que iban esa noche por las Ramblas en el paleozoico fueron peces. Entonces no copulaban en parejas como ahora sino que soltaban los chorros de gametos al agua, a ver si alguno le atinaba a la pirinola.

—¿Y qué es una pirinola? —preguntaron los españoles, y les tuvimos que explicar:

—Un juguete que funciona así y asá, un palo que se mete en un hueco.

—Ah, un boliche.

—École, un boliche.

Los mexicanos pieses del peculado, que un día fueron aletas de pez, hoy eran garras avorazadas que se embolsaban cuanto agarraban. ¡Qué largo camino evolutivo el que iba de los peces del Ordovícico a los presidentes de México! Las garras no surgen de un día para el otro: toman eones.

Y los musulmanes. ¡Ay los musulmanes! Peste propagadora de la peste humana, que les cierran las puertas de las mezquitas a los perros. ¿Acaso se creen espíritus gloriosos estos cagones? ¡Terroristas! ¡Homicidas! ¡Fratricidas! ¡Suicidas! ¡Sarracenos! ¡Mahometanos! Había que darles por el culo y después volarlos con bombas sucias.

—¡Cómo, maestro! En medio de su infinito desprendimiento de las cosas humanas, ¿y venir ahora con apetencias sexuales? ¿Y ésas cada cuánto le dan?

—Una vez por la cuaresma, m'hijo; cuando sueño que sueño.

El pacto del hombre con el perro, el caballo y el camello era lo único de la especie bípeda que él respetaba, y el amor a los animales su religión. La tirria que le tomó en sus últimos tiempos a Mahoma (a Mohamed ben Abdallah, alias Mahoma, el profetón lúbrico y sanguinario que tuvo catorce mujeres amén de la viuda rica con que se casó), sólo se comparaba a la que le tenía a Cristo, el masoquista ensangrentado. ¡Alucinados! ¡Impostores! ¡Zafios! Que ni soñaran con que él era su prójimo. Su prójimo eran los animales, empezando por las ratas, esas almitas inocentes de Dios calumniadas por el hombre, que no transmitían el sida, ni el cristianismo, ni el mahometismo, ni la malaria.

Infinidad de perros aullaban llorándole en el alma, y ésos eran los que no lo dejaban dormir.

Helo aquí ahora en el pabellón de Colombia con el insomnio amanecido, alborotado, trasnochado, y con las señoritas.

—Maestro, si usted pudiera volar el mundo hundiendo un botoncito, ¿lo hundiría? —le preguntaron.

—Sin dudarlo ni una bimillonésima de segundo —les contestó.

Después cayó en la cuenta de que una bimillonésima de segundo toma una barbaridad en decirse, más de un segundo. El idioma era una computadora lenta, vieja, como él.

—¡Ay maestro, qué cosas tan terribles dice!

—Nada de terribles, niña, simple caridad cristiana. Si usted se muere ahora, deja de sufrir y se evita este calorón y andar vendiendo esas porquerías de libros.

—¡Pero si yo estoy muy contenta con la vida! —protestó la tonta.

—Yo también. Yo también —fueron protestando las otras.

—Vendan entonces muchos libros, tengan muchos hijos y que les aproveche. Yo me voy. Llámenme al hotel cuando me toque el turno de hablar.

Y ¡plas! Salió dando un portazo en el viento.

¿Tenía cáncer? No. ¿Sida? No. ¿Depresión? Tampoco. ¿Qué le pasaba entonces? Nada. Ése era su mal, que ya nada le podía pasar. Era un gramático muerto a quien la muerte sólo le podía volver como un pleonasmo idiota.

Situado fuera de este mundo en su instante eterno veía fluir abajo a Barcelona. Ahí iban los infelices como pavesas arrastradas por el tiempo, unos a pie, otros en coche. Y los que iban en coche ¡con los cinturones de seguridad puestos!

—¡Idiotas! ¿No ven que ya tienen puesto el cinturón de la gravedad? Ése es el que no los deja volar. Mírenme, aprendan.

Colas y colas de presidentes y papas bordeaban el mar de Barcelona sentados en sus bacinicas. Ministros y cardenales les atendían en sus funciones, prontos, diligentes, solícitos. El viejo les arrió la madre y escupió. ¡Qué les iba a llegar nada a esos hijos de la tiznada! El paraguas de su cinismo los protegía de toda lluvia.

¿Qué día era? No sabía. ¿Cuándo hablaba? No sabía. ¿Dónde estaba? En una nube sobre Barcelona: en el cielo de los bienaventurados, la troposfera, que es desde donde se sueltan las tormentas. Pero hoy él no pensaba llover. Ni mañana, ni pasado mañana. ¡Que se jodieran! ¡Que los evaporara el calor!

Por fuera de este mundo y de toda lógica, sin importarle nada nada, seguía desde su nube el desfile humano. Ahí iba el rebaño bí-

pedo en el bochorno, arrastrando sus desvelos
y miserias.

Cuando la Bruja murió se fue llevándo-
sele su última esperanza. La reacción del viejo
fue encerrarse a mirar paredes. Quince años llevaba en ésas cuando lo llamaron de Colombia
a invitarlo a Barcelona.

—Anímese a salir de México, maestro,
desempólvese, que va a encontrar el mundo muy
cambiado.

Y sí. Cambiado sí lo encontró pero igua-
lito, la misma porquería. Las llaves de los cuartos de los hoteles serían tarjetas, pero en el fondo
de los cuartos seguía el inodoro en el retrete. Ahí
seguía, entronizado como papa el hijueputa, pre-
sidiendo el destino de los huéspedes.

—¿Qué fue entonces lo que cambió? Si
quieren cambios, pendejos, ¡cambien el animal!

Tras inspeccionar el inodoro, que estaba recién desinfectado, y dejar el equipaje en el
hotel de dos estrellas que le asignaron, el prisionero de los muertos salió a la calle a ver qué había de nuevo afuera: gente y más gente y más
gente caminando en sus dos patas. Eso era lo que
había de nuevo afuera. Ah, y coronando las dos
patas los delamadrileños pieses de De la Madrid. Sí, de veras, el mundo estaba muy cambiado. ¡Qué bueno que había salido de México!
¡Qué suerte estar ahora en Barcelona!

Los que caminaban por las calles en las
dos patas inferiores balanceaban al hacerlo, co-

mo remos, las dos patas superiores. Se diría la isla de los pingüinos, ¿que escribió quién? ¡A ver, Alzheimer!

—Anatole France.

—École, maestro, felicitaciones por su memoria prodigiosa. O sea que según usted, los cuatro miembros del hombre, los inferiores y los superiores, ¿fueron antes aletas de pez?

—Según yo no. Según los biólogos evolucionistas que han estudiado el negocio.

—¿Y por qué se dio el cambio así?

—¡Ah, yo no sé! Doctores tiene la Santa Madre Iglesia que saben responderlo.

La Rambla de las estatuas y los locos se había convertido en la Rambla de los peces. ¡Qué felices estábamos los escritores colombianos esa noche en Barcelona! Como peces en el agua.

—¡Camarero! Más de lo mismo —pidió un colega.

—No te escuchó —comentó angustiado otro.

—¡Carajo! —se dijo el viejo—. A éstos también ya se les contagió la escuchadera.

Detestaba el verbo «escuchar» casi tanto como el espectáculo bochornoso del cura papa Wojtyla babeando por televisión mientras algún clérigo lacayuno le limpiaba las babas. Si era tan bueno y tan santo el santo, ¿por qué no salía entonces, como él, a recoger perros abandonados y a limpiar mierda de perros por las calles? ¿Dónde carajos entonces estaba la santidad de Su Santidad? ¡Viejo zángano! Tampoco a Cristo lo había visto nunca en ésas.

—¿Pero él oía, o no oía?

—Divinamente bien. Tanto por el oído izquierdo como por el derecho. De ese pie no cojeaba. En cambio le falló siempre la visión. La luna, por ejemplo, que usted y yo vemos simple, él la veía multiplicada por veinte: un racimo de lunas con sus lunitas ocupando media esfera celeste.

—¡Qué bonito!

—Mmmm, yo no sé. Los muchachos bonitos los veía dobles, pero también los feos. Toda moneda tiene dos caras, y las religiones y las naciones separan a los hombres. ¡Pero para qué los queremos unidos! ¡Que se jodan!

Que se jodan, que se jodan era el voto fervoroso del viejo. Le dolía infinitamente más una ballena varada que una hambruna en África.

Ah, y que otra bebida muy buena para la regeneración del hígado era la retsina, que él probó en Grecia o en Turquía, ya no sé.

—Sería en Grecia porque los turcos no beben porque son musulmanes.

—Pues sí. Como Mahoma. Se les va todo el esfuerzo en sostener su harén de mujeres.

—¿Harén de mujeres no es pleonasmo?

—No porque también lo puede haber de muchachos. O de cabras locas.

Como fuera. Tampoco había retsina en el Café de la Ópera. Por cuanto a licores exóticos se refería, ese famoso café de Barcelona era un indio patarrajado sin guaraches.

Se levantó, abrió los brazos y respiró hondo, profundo, para que lo inundara España. Pero España, que siglos atrás fuera suya, hoy era ajena. El río de las Ramblas hervía de peces y un insano racimo de lunas pendía sobre nosotros. En el fondo de su memoria, como un espejismo lejano, brilló Colombia la ilusa, la de su niñez, con sus curas, sus sacristanes, sus boticarios, sus leguleyos, sus tinterillos, sus alcaldes, sus vanos proyectos de felicidad que desde hacía mucho se habían desmoronado, como él.

—Colombia y yo hemos coincidido siempre: ahora vamos de culos barranca abajo.

Y sí, el país caía y él con él. Caían juntos, se hundían juntos. Colombia por mala; él por viejo.

La vejez era una desgracia. La vida era una desgracia. La muerte era una desgracia. Menos mal que después de tanta desgracia seguía el cielo: Dios, san Pedro, los angelitos...

—¿Tenía pelo?

—Sí, pero se le cayó. La vejez lo tumba todo.

—O lo arruga. ¡Pobre!

El desentejamiento sin embargo le aireaba el cerebro y le bajaba el calor a las neuronas, que ardían. Día hubo en que le vi salir humo por las orejas.

—¿En qué está pensando, maestro? —le pregunté.

Que en la gravedad de la gravedad. No le cabía en la cabeza que él se tuviera que caer si daba un paso en el vacío desde la azotea de su edificio. De vuelta a México iba a hacer el experimento. Y sin un paraguas siquiera, salvo que estuviera lloviendo. Era un recalcitrante. Se negaba a aceptar la realidad: que el papa y la Iglesia babearan y que la lluvia cayera.

Imposible determinar cuándo empezó su proceso de desintegración. ¿Cuando murió la Bruja? ¿Cuando murió la abuela? ¿Cuando murió el abuelo? De muerto en muerto iba retrocediendo en su pasado y cada vez se iba viendo más jovencito. Un día se encontró al jovencito en la calle de Junín y lo invitó a irse a dormir con él.

—A mí no me gustan los viejos —le contestó el hijueputica—. Ni tengo sueño.

Así que, con todo y lo original que era, el viejo se iba a morir sin haberse podido acostar consigo mismo.

—Que sea lo que Dios quiera —se dijo y se escupió un dedo.

Tenía todo un repertorio de manías acumuladas. Cada vez que pasaba frente a una iglesia, por ejemplo, se santiguaba. E infaltablemente se lo reprochaba:

—¿Para qué hacés eso? ¡Pendejo!

Cuando temblaba rezaba el Magníficat. «Glorifica mi alma al Señor y mi espíritu se llena de gozo», etcétera. Siempre se disipaba el temblor, o sea que la oración sí servía. Hasta que llegó el día en que no sirvió: se soltó el terremoto. ¡Uf! ¡Los estragos que hizo! Tumbó medio México. El Magníficat para los terremotos no sirve: es como árnica para el cáncer de hígado. Cuando empiece a temblar, amigo, no pierda tiempo en Magníficats ni se meta bajo el dintel de las puertas, que le cae el piso de encima encima. Corra, corra, corra.

Barcelona, ciudad sólida y próspera asentada en terreno firme, no conoce los temblores ni las penalidades de esta vida. No sabe lo que es estar uno desempleado y pobre y que le estén moviendo el tapete. Cuando el terremoto, el viejo entonó el Magníficat bajo el dintel de una puerta. Vidrios se quebraban, cuadros se caían, ángeles volaban... ¡Sus preciosos ángeles coloniales, que lo habían acompañado hasta ahí! Idos fueron, volaron. ¡Y el Steinway de cola! Salió rodando por el ventanal delantero y cayó a la acera dando un acorde inarmónico que el oído absoluto del viejo de inmediato reconoció: decimoséptima de dominante de do mayor.

Extinguida la furia de la tierra el viejo salió a la calle a inspeccionar los daños: edificios y edificios «colapsados», como dijo De la Madrid. Tas-tas-tas, habían ido cayendo los pisos de los edificios colapsados, que quedaban reducidos a no más de un metro de escombros con todo y cadáveres. De los escombros iban sacando los rescatistas, comprimidos, los cadáveres, y el viejo dos conclusiones: una, que de nada sirve meterse bajo los dinteles de las puertas; y dos, que lo que compra uno cuando compra un apartamento en última instancia es un sándwich de viento: paredes encerrando galicadamente viento.

Treinta y seis horas después repitió el terremoto.

—¿Temblorcitos a mí? —se dijo el viejo.

Sacó un paraguas de un closet y con cabeza fría y el paraguas en mano subió a la azotea a abrirlo y a esperar. Y mientras esperaba iba contando: cincuenta y cinco, cincuenta y seis, cincuenta y siete, cincuenta y ocho, cincuenta y nueve, sesenta. Un minuto, dos minutos, tres minutos... ¿Caía o no caía el edificio? ¿Se desplomaba, o no, el hijueputa? Cuando se desplomara bajo sus pies el hijueputa él se iba a quedar colgado de un paraguas en el aire.

—¡Como el punto de un signo de interrogación!

—École.

¡Qué se iba a caer! Resistió. Los que no resistieron en cambio fueron los edificios «colapsados», que con su «colapsamiento» le restaron a México veinticinco mil vivos dejándole veinticinco mil muertos.

—Veinticinco mil no le quitan a México ni un pelito a Sansón —comentó el viejo.

Era su tesis que para el control de la población los terremotos no sirven, ni el sida, ni el rey Herodes. Su esperanza la cifraba toda en san Antonio de Ébola, el santo de su devoción.

—Bendito seas san Antonio de Ébola, que el día de mañana te vas a soltar a hacer milagros. Empezá por África y seguí con Colombia. Rebajanos siquiera cuarenta millones. Y si por ventura fueran más, que se esforzara más el santo.

No siendo él redentor de nadie ni el hombre redimible, de fallarle el santo de Ébola abogaba por la solución dinamitera. Su sueño era volar el Vaticano y la Kaaba. Más todos los pueblos bestiales y semibestiales de la tierra, como son los aborígenes de Australia y de la Amazonia, los irlandeses, los italianos, los polacos, los arménidos, los mongólidos, los indomelánidos, los súnidos, los pareidos, los túngidos, los védicos, los negrítidos, los negrídillos, los sudánidos, los bosquimánidos, los ístmidos, los lánguidos, los pámpidos, los plánidos, los paleosibíridos, los aplácidos... En suma, los blancos leptorrinos, los amarillos mesorrinos y los negros platirrinos, que entre cruces, degeneraciones e hibridajes han producido esta simiamenta bípeda y omnívora, excretora y destructora, simuladora y corrupta. Su sueño era quemar el Vaticano y la Kaaba bajo las barbas mismas de Dios o Alá.

Pero no el Muro de las Lamentaciones porque los judíos le estaban ayudando a acabar con los árabes. En lo cual había una manifiesta contradicción, pues del judaísmo provienen esas otras dos religiones o plagas.

Mirando hoy hacia atrás, con la distancia que da el tiempo, podemos determinar el momento en que empezó a ver claro. Fue un día de tantos de su niñez en que comulgó y tras comulgar, sin querer pero como queriendo masticó la hostia a ver si le caía un rayo. Como no cayó, en la comunión siguiente se la guardó bajo la lengua y fue a escupirla al retrete: al retrete del Colegio Salesiano del Sufragio fue a dar la oblea sacra.

Entonces en los colegios salesianos no había inodoros sino caños. Por qué, no sé. Tal vez para que los alumnos no se masturbaran sentados y se tuvieran que masturbar parados. Como fuera. Ahí en el caño de la mierda humana, que es la mierda de las mierdas, nuestro precoz apóstata escupió al Cordero. Y tampoco esta vez le cayó el rayo. ¡Qué iba a caer! El que cayó fue el Cordero. Él era un pimpollo de pantalón corto y camisita blanca, y Dios un perro rabioso desdentado.

Se abrió la bragueta de botones y orinó sobre la Sagrada Forma. No le hacía esta vez el homenaje de más porque no tenía ganas de más. Pero la próxima... Se cerró la bragueta y beatíficamente, poniendo cara de santo Domingo Savio, el infantil sacrílego, el simulador nato, salió de las letrinas al patio. En Colombia la adormecida, la tontuela, la bobalicona acababa de nacer una nueva estrella, un nuevo Mozart: nuestro Mozart del sacrilegio y la blasfemia. Cada quien cosecha lo que siembra. ¿Qué querían los salesianos que les saliera si sembraban plátanos? ¿Mangos?

Y ahí iba por esas calles de Barcelona, de recuerdo en recuerdo y de muerto en muerto como un arroyo que va de piedra en piedra a trompicones.

—Recuerdos sí, pero actualizados.

Su memoria sería sucesiva pero él era simultáneo, con una simultaneidad rabiosa que abarcaba el pasado, el presente y el futuro como dicen que es la de Dios, Dios Uno y Trino y que con él eran cuatro: la Santísima Tetraidad de sí misma para desesperación de los protestantes.

—¿Odiaba a Lutero?

—¡Qué va! Por el contrario. Lo amaba. ¡Cura rebelde y verraco que osó alzarse en rebeldía los hábitos para fornicar con una monja!

De ahí, de ese apareamiento con las faldas alzadas salió la Reforma, y de la Reforma la Contrarreforma como sale una cajita china de otra o como salta un sapo de un charco. ¿Dónde íbamos? ¿En qué estábamos? Girando en redondo con su planeta Tierra y su país Colombia, Colombia la católica, apostólica y romana: venal, tramposa, envidiosa, secuestradora, traidora, mezquina, asesina, dañina, corrupta, impune, pirómana, ladrona, loca. En lo cual era injusto pues no fue Colombia la que decidió por él sino el destino. Colombia es corpórea, una tierra, un país; el destino, un viento fatuo.

Como sea, lo que sea, donde sea. Con ese acto de afirmación soberana que he contado él empezó a ser él, antes no era nadie. Salió el infantil simulador al patio poniendo cara de santo Domingo Savio y jurando que iba a morirse en la impenitencia final. Pues ya se le estaba llegando la hora, en Barcelona.

—De la impenitencia final líbranos Señor porque el día de la Santa Cruz dije mil veces: Jesús, Jesús, Jesús, Jesús —se dijo el viejo y se rió.

Y siguió repitiendo el Jesús hasta llegar a mil, a diez mil, a cien mil, a un millón, a un billón, a mil billones, hasta que las luminarias del cielo, compadeciéndose de él, lo liberaron de su cruz y se dieron a machacar con sus destellos el nombre sacro: Jesús, Jesús, Jesús, Jesús... De no ser por el relevo cósmico ahí seguiría el viejo, en el Jesús, empantanado, y no habría podido hablar como estaba programado en la feria.

¡Con que se le llegó por fin el día! No hay fecha que no se llegue ni plazo que no se cumpla.

¿Cuántos espectadores habría? ¿Mil? ¿Cinco mil? ¿Diez mil? Cien si acaso en el teatrito improvisado, de suerte que puesto que eran tres los que hablaban les venían tocando de a treinta y tres y pico por cabeza: un viejerío desocupado que no sabía qué hacer con sus vidas, pasados ya de morirse, y ni un solo joven, ni una belleza al menos que sirviera de inspiración. ¿De dónde la iba a sacar entonces el viejo? De lo que fuera, de las ruinas del que fue.

El sol caía a plomo sobre el Moll de la Fusta y el polvo del aire le hacía lagrimear los ojos. Ni una brisa, ni una sombra. En la efímera plazoleta de Colombia que partía en dos la calle de los libreros y que por los breves días de esa feria, y sólo por ellos, había llevado el nombre de su país, habían instalado medio centenar de sillas metálicas para el público y un estrado con tres puestos. ¿Cincuenta apenas? Los organizadores habían calculado mal la asistencia y se habían quedado cortos. A los tres desconocidos escritores colombianos les había llegado una multitud. El viejo subió al estrado y ocupó el puesto que vio marcado con su nombre. Oyendo sin oír oyó a lo lejos el mar monótono y sordo. Todo pasa, todo muere, y esta línea va fluyendo y se va yendo y yo con ella hacia la nada. La mitad de la multitud tomó asiento y el resto se quedó de pie, pero no bien empezó a hablar el viejo y se soltó el viento. Un viento obsequioso y servicial que a medida que él hablaba se iba llevando sus palabras.

Cuando el viejo terminó la concurrencia aplaudió y el comedido viento se llevó también los aplausos. Los aplausos no quedan. Son un ruido mentiroso, un clap-clap embustero. Ni se les ocurra perder la vida detrás de eso. O mejor dicho sí, piérdanla, que para eso está.

Mientras hablaron sus dos colegas el viejo se ausentó: con los ojos llorosos por el polvo que le echaba en la cara su amigo el viento se fue yendo, yendo, yendo hacia atrás en un globo, surcando el cielo, de vuelta a su niñez y a Santa Anita donde un día refulgiera la esperanza. Difícil creer que hubiera cabido allí tanta dicha al abrigo de las miserias de esta tierra.

¿Pero de veras cupo? ¿No se la estaría inventando ahora para llenar con algo el final? Al fin de cuentas es lo que hacía desde hacía años: pasar unos míseros recuerdos hechos de cambiantes palabras a un deleznable papel.

Finalizado el acto el público se dispersó y el viejo se quedó solo en la plazoleta entre el silencio de las sillas vacías. ¿Para dónde tomar? ¿Para las Ramblas? Que fuera entonces para las Ramblas.

Los que vamos por las Ramblas entre la multitud nos sentimos acompañados pero no, vamos solos. Somos islas ambulantes que nos arrastramos sosteniendo en nuestro interior oscuro interminables diálogos con nosotros mismos. Esos diálogos turbios, sordos, necios en la oscuridad de adentro han de ser los que llaman el alma. El viejo se la imaginó como el espíritu de la trementina metido en un frasco tapado con un corcho. ¡Ah, si eso era iba a experimentar! Y sin pensarlo mucho quitó el corcho destapando el frasco y el espíritu de la trementina se esfumó.

Estábamos con él en el Café de la Ópera cuando oscureció, hacia las diez de la noche. En Barcelona en verano el sol se pone tarde y los días duran mucho, cosa que a nosotros, los provincianos del trópico que vivimos en permanente equinoccio, se nos hace raro.

Estábamos con él esa noche Luis Armando Soto del Ministerio de Cultura de Colombia, una italiana que trabajaba para el Ayuntamiento en la organización de la feria, unos catalanes de una Cámara del Libro y yo. Nos estuvo hablando de su paso en su juventud por Barcelona y por la calle de la mala vida de entonces, que él creía que se llamaba la Rambla Paralela pero no, se llama el Paralelo. ¿Y qué importancia tenía que se llamara el Paralelo o la Rambla Paralela? Ninguna. Los nombres no cambian la esencia de las cosas. Nos contó que llevaba varios días sin dormir y que se iba de madrugada a México. Se levantó, dejó un dinero sobre la mesa para pagar la cuenta y se despidió de nosotros. Mi último recuerdo de él es alejándose por las Ramblas en la noche entre el gentío.

El verbo «oír» quedó sirviendo como las llaves de las casas de los judíos de Toledo expulsados de España hace quinientos años para jamás volver. De novedad en novedad, de cambio en cambio, el idioma que habló de niño se lo habían convertido en una lengua muerta. ¡Qué se le iba a hacer! Los idiomas son como las mujeres: cambiantes, insaciables, noveleros. Putas a las que cuando se les sube la confusión a la cabeza les da por tener hijos. Los van gestando nueve meses en las viscosidades tenebrosas de adentro y después abren las piernas como un compás para que se los saquen. ¿O no es así? Corríjanme si yerro porque yo de vaginas sé poca cosa.

Lanzado un día en el vértigo de la vomitiva existencia ahora se encaminaba al final. Prendió la casetera que mantenía al alcance de la mano en la cabeza y se puso a oír a Gluck. Y oigan bien lo que digo, hijos de puta que están acabando con este idioma: a oír, no a escuchar. A oír, a oír, a oír, a oír, a oír a Gluck, el músico de la muerte. El verbo «escuchar» para él no existía, lo había borrado del diccionario.

Oyéndose a sí mismo perdió el rumbo y una vez más se extravió. Con gran esfuerzo recordó el nombre de la calle de su hotel: era la calle de Ferrán. ¿Qué querría decir «Ferrán» en catalán? Se le olvidó preguntárselo a los catalanes. Si uno sabe qué significa una palabra a lo mejor se le hace más fácil recordarla, ¿o no? No siempre. A veces lo más difícil de recordar es el recordatorio. No hay técnica más incierta que la mnemotecnia. La mnemotecnia es una telaraña colgada del vacío, y la vida un desastre. Su hermano Silvio, muerto. Su primo Mario, muerto. Su tío Iván, muerto. Su abuelo Leonidas, muerto. Su abuela Raquel, muerta. Muertos, muertos y más muertos. Veinte, treinta, cuarenta, cincuenta, cien. A todos los había ido desgranando, uno a uno, de esta mazorca, la Muerte. Y a propósito, ¿cuál era el estado civil de él? ¿Soltero? ¿O casado? ¿Con religión? ¿O sin ella? ¿Vivo? ¿O muerto?

—Muerto, señorita. Póngalo bien claro en el papelito o no me dejan subir al avión de Mexicana y no voy a poder regresar a México.

A México donde tenía pagado su entierro en el Rincón del Zopilote, alias Agencia Gayosso. Hijos de puta que le cobraron su entierro y lo que iban a enterrar era aire. ¡Pero a quién se le ocurre pagar un entierro en México para morirse en Barcelona! Sólo a él. Y el ataúd suyo, ¿a quién se lo iban a dar estos traficantes de cadáveres? ¡A cualquier méndigo!

Hace ciento cincuenta años en sus «Apuntaciones Críticas al Lenguaje Bogotano» don Rufino José Cuervo indicó que no se dijera «méndigo» sino «mendigo», sin tilde y con el acento en la «i». Pues para llevarle la contraria y ahora que él también se iba a morir, seguía diciendo «méndigo». El recuerdo de don Rufino lo hizo sonreír y se le cortó como por milagro el chorro de la ira. ¡Dizque «apuntaciones» y dizque «críticas» y dizque «al lenguaje» y dizque «bogotano»! Cuervo se pasó la vida luchando contra molinos de viento.

El cementerio ambulante encontró por fin la calle de Ferrán y entró a su hotel.

—Buenas noches —dijo al pasar por la recepción y no le contestaron.

Los vivos por lo general no les contestan a los muertos: lloran por ellos, sí, y hasta les ponen en sus tumbas flores. Pero para olvidarlos mejor. Las flores se van marchitando, marchitando, marchitando mientras los gusanos nos van comiendo, nos van comiendo, nos van comiendo... Por eso lo ideal es la cremación: la que les pagué por cuotas a los enterradores de Gayosso. ¡Bandidos! ¡Se van a parrandear en yates mi dinero! No hay que creer en enterradores. Ni en abogados, ni en curas, ni en policías, ni en médicos, ni en plomeros, ni en banqueros, lobos disfrazados de corderos. No se te ocurra meter tu dinero al banco porque te lo roban, y gástate en putas lo de tu entierro y que te entierre el gobierno, que para eso están.

En el espejo del baño, empañado por el vaho de los muertos, el viejo se vio llorando. A los que saben que ya se van a morir les da por ésas. Bueno, no a todos, hay que matizar. A alguno le dará por bendecir o maldecir a su madre. Puso los cinco relojes despertadores a las cinco, no se fuera a quedar dormido y perdiera el avión.

—Tac-tac-tac —iban diciendo los relojes al unísono, y angustiado el corazón tras ellos.

De un latido al otro, cuando se durmiera, el corazón iba a perder su ritmo.

—¿Adónde estoy llamando, señorita? ¿No es ése el setenta y cinco ciento veintitrés?

—Exacto. Ese mismo.

—O sea la finca Santa Anita, de doña Raquelita.

—Exacto. Aquí fue.

—¡Cómo que fue!

—Fue mas ya no es. Todo lo que algún día es otro día deja de ser. ¡O qué! ¿Cree que esto es eterno?

—Ay, señorita, no se burle que estoy llamando de larga distancia.

—Ya sé. Me di cuenta por el tonito. Ustedes los antioqueños cuando hablan de larga distancia gritan, como si para eso no estuviera el teléfono. El teléfono se inventó para que los usuarios no tuvieran que gritar, señor.

El corazón le latía angustiadamente, como si fuera a perder su ritmo. Cuántas, pero cuántas veces no llamó en sueños a la abuela desde un país lejano sin que le contestara nunca.

—Páseme pues a doña Raquelita —pidió suplicante.

—¡A cuál doña Raquelita! ¡Jua, jua, jua, jua! —le contestó la voz.

Dios no existe, ni el cielo, ni el infierno. Sólo tenía esa oportunidad para recuperar a la abuela. Era la última. Si se cortaba la comunicación, se iban a perder los dos, para siempre, en el vacío.

Y ¡clic! Se cortó. En la angustiosa irrealidad del sueño la arritmia tomó entonces el control del corazón.

Este libro
se terminó de imprimir
en los Talleres Gráficos
de Mateu Cromo, S. A.
Pinto, Madrid (España)
en el mes de noviembre de 2002